父母是
我们和死神之间的
一堵墙

梁晓声 等著

北方文艺出版社

图书在版编目（CIP）数据

　　父母是我们和死神之间的一堵墙 / 梁晓声等著. ——哈尔滨：北方文艺出版社，2019.5
　　ISBN 978-7-5317-4513-6
　　Ⅰ.①父… Ⅱ.①梁… Ⅲ.①散文集–中国–现代②散文集–中国–当代 Ⅳ.①I266
　　中国版本图书馆 CIP 数据核字（2019）第 076677 号

父母是我们和死神之间的一堵墙
FUMU SHI WOMEN HE SISHEN ZHIJIAN DE YIDUQIANG

作　者 / 梁晓声 等

责任编辑 / 宋玉成　赵　芳	装帧设计 / 主语设计
出版发行 / 北方文艺出版社	网　址 / www.bfwy.com
邮　编 / 150080	经　销 / 新华书店
地　址 / 哈尔滨市南岗区林兴街3号	
发行电话 /（0451）85951921　85951915	
印　刷 / 嘉业印刷（天津）有限公司	开　本 / 880×1230　1/32
字　数 / 140 千	印　张 / 7
版　次 / 2019 年 5 月第 1 版	印　次 / 2019 年 5 月第 1 次印刷
书　号 / ISBN 978-7-5317-4513-6	定　价 / 39.80 元

目录
CONTENTS

父母是最朴素的人文 / 梁晓声　　1

父　亲 / 鲁彦　　9

我的母亲 / 老舍　　13

父亲和他的故事 / 胡也频　　21

我的母亲 / 胡适　　33

背　影 / 朱自清　　41

感情的碎片 / 萧红　　47

父亲的病 / 鲁迅　　51

万物之母 / 许地山　　59

儿　女 / 朱自清　　65

玻璃匠和他的儿子 / 梁晓声	75
我的母亲 / 邹韬奋	83
永久的憧憬和追求 / 萧红	91
清　明 / 鲁彦	95
婴　儿 / 徐志摩	103
恐　怖 / 石评梅	107
书塾与学堂 / 郁达夫	113
落花生 / 许地山	121
缀 / 缪崇群	125
父亲的玳瑁 / 鲁彦	131

疲倦的母亲 / 许地山	141
守岁烛 / 缪崇群	145
母亲的话（节选）/ 田汉	151
母　亲 / 石评梅	163
父　亲 / 胡也频	175
我是妈妈的蒲公英 / 蒋建伟	185
我的娘 / 杨丽娟	191
父亲的绳衣 / 石评梅	197
先母事略 / 周作人	203
悲哀的玩具 / 李广田	211

父母是最朴素的人文

梁晓声

"如果你不能从小就明白一个人绝不可以做哪些事,我又怎么能指望你以后是一个社会上的好人?如果你以后在社会上都不能是一个好人,当母亲的对你又能获得什么安慰?"这些道理不在书本里,不在课堂上,可这些道理使我一生受益。

一年一度，又逢母亲节、父亲节。

我的意识中，母亲像一棵树，父亲像一座山。他们教育我很多朴素的为人处世的道理，令我终身受益。我觉得，对于每一个人，父母早期的家教都具有初级的朴素的人文元素。我作品中的平民化倾向，同父母从小对我的教育和影响密不可分。

我出生在哈尔滨市一个建筑工人家庭，兄妹五人。为了抚养我们五个孩子，父亲在我很小的时候就到外地工作，每月把钱寄回家。他是国家第一代建筑工人。母亲在家里要照顾我们五个孩子的生活，非常辛劳。母亲给我的印象像一棵树，我当时上学时看到的那种树——秋天不落叶，要等到来年春天，新叶长出来后枯叶才落去。

当时父亲的工资很低，每次寄回来的钱都无法维持家中的生活开支，看着我们五个正处在成长时期的孩子,食不饱腹,鞋难护足,母亲就向邻居借钱。她有一种特别的本领,那就是能隔几条街借到熟人的钱。我想,这是她好人缘所起的作用。尽管这样,我们因为贫困还是生活得很艰难,五个孩子还是经常会挨饿。

一次,我小学放学回家走在路上,肚子饿得咕咕叫,正无精打采地往家赶时,看到一个老大爷赶着马车从我面前走过。一股香喷喷的豆饼味迎面扑来,我立即向老大爷的马车看过去,发现马车上有一块豆饼。我本来就饿,再加上豆饼香味的刺激,当时只有一个念头,拿着豆饼填饱肚子。我趁着老大爷不注意,抱起他身旁唯一的一块豆饼,拔腿就跑。

老大爷拿着马鞭一直在后面追我,我跑进家里,他不知道我一下子跑入了哪间房子。我心惊胆战地躲在家里,可没想到他还是找到了我家。

"你看到一个偷我豆饼的小孩吗?"老大爷问我母亲。

母亲对发生的事全然不知。老大爷就把事情的经过给母亲详细说了一遍,然后蹲在地上沮丧地说:"我是农村的庄稼人,专门替别人给城里的人家送菜,每次送完菜,没有工钱,就得到四分之一块豆饼,可没想到半路上豆饼被一个学生娃给抢了,可怜我家里还有妻子和孩子,就靠这点豆饼充饥……"

母亲听完后,立即命令我把豆饼还给了老大爷。他大约走了十几米远后,母亲突然喊住了他。母亲将家中仅剩的几个土豆和窝头送给了他,老大爷看到玉米面做的窝头时,就像一个从未见过粮食的人一样,眼睛放亮,一边不停地说着感激的话一边流着眼泪。

母亲回到家时,我以为她会打骂我,可她没有,她要等到所有的孩子都回来。晚饭后,她要我将自己的行为说了一遍,然后才严厉地教训我:"如果你不能从小就明白一个人绝不可以做哪些事,我又怎么能指望你以后是一个社会上的好人?如果你以后在社会上都不能是一个好人,当母亲的对你又能获得什么安慰?"这些道理不在书本里,不在课堂上,可这些道理使我一生受益。

当时我家虽然非常穷,但母亲还是非常支持我读书,穷日子里的读书时光对我来说是最快乐的。当时家中买菜等事都由我去做,只要剩两三分钱,母亲就让我自己留着。现在两三分掉到地上是没人捡的,那时五分钱可以去商店买一大碟咸菜丝,一家人可以吃上两顿,两分钱可以买一斤青菜,有时五分钱母亲也让我自己拿着。我拿着这些钱去看小人书,《红旗谱》在同学那里借来读过后,才知道还有下集,上下两部加起来一块八毛多一点,我还清楚地记得书的封面是浅绿色的,画有红缨枪,颜色很鲜红,我很喜欢,非常想看这本书的下集。当时正读中学,我下了很大的决心才鼓起勇气去找母亲要钱。

那天下午两点多,我来到母亲做工的小厂。进去一看,原来母亲是在一个由仓库改成的厂房里做工。厂房不通风,也不见阳光,冬天冷夏天热,每个缝纫机的上方都吊着一个很低的灯泡。因为灯泡瓦数很高,所以才能看得见做活。厂房很热,每个人都戴着厚厚的口罩,整个车间就像一个纱厂一样,空气中飞舞着红色的棉絮,所有母亲戴的口罩上都沾满了红色的棉絮,头发上、脸上、眼睫毛上都是,很难辨认哪位是我母亲。

我一直不知道母亲在这样的环境下工作,后来还是母亲的同事帮我找到了她。见到母亲,本来找她要钱的我,一时竟说不出话来。

母亲说:"什么事?说吧,我还要干活。"

"我要钱。"

"你要钱做什么呀?"

"我要买书。"

"梁嫂,你不能这样惯孩子,能给他读书就不错了,还买什么书呀?"母亲的工友纷纷劝道。

"他呀,也只有这样一个爱好,读书反正不是什么坏事。"母亲说完把钱掏给了我。

拿着母亲给的钱,我的心情很沉重,本来还沉浸在马上拥有新书的喜悦中,现在一点买书的念头都没有了。当时我心里很内疚,因为母亲在那里工作了两年多,我一直不知道她在那里。我一次都没有去看望过她,我也没有钱孝敬她,我怀着这样的心情去用母亲给的钱给她买了罐头。

母亲看到我买的罐头反而生气了,然后又给了我钱去买书,那时我就拥有了完整的《红旗谱》和《播火记》,我非常喜欢这两本书。这件事给我的印象很深,及至后来参加工作后我的第一件事就是花了二三十元钱,给母亲买回所有款式的罐头和点心。母亲看着我买的礼物,泪流满面。她把这些罐头擦得很亮,整整齐齐地摆在桌子上。

母亲最令我感动的事是发生在三年自然灾害期间的那件事。当时因为我们家里小孩多,所以政府给了我们家一点粮食补贴,其实也没有补贴多少,也就补了五至十斤粮食吧。月底的最后一天,家里一点粮食都没有了,揭不开锅,母亲就拿着饭盆将几个空面粉袋子一边抖一边刮,终于刮出了一些残余的面粉。母亲把它做成了一点疙瘩汤，然后在小院子里摆上凳子。

正在我们吃饭的时候，来了一个讨饭的。这是一个留着长胡子的老人，衣服穿得很破，脸看上去也有几天没洗。他看着我们几个孩子喝疙瘩汤的时候，显得非常馋。母亲给他端来洗脸水后，又给他搬凳子，把她自己的那份疙瘩汤盛给了他，而自己饿着肚子。

然而这件事被邻居看到后，不知是谁在开会时把这个事讲出来了，说我们家粮食多得吃不完，还在家中招待要饭的人。从这以后，我们家就再也没有粮食补贴了。可我母亲对这件事并没有后悔，她对我们说你们长大后也要这样。所以我觉得有时母亲做的某些小事都具有对儿童和少年早期人文教育的色彩。我现在教育我的学生也经常这样讲，少写一点初恋、郁闷，少写一点流行与时尚，多想一下自己的父母，如果连自己的父母都不了解，谈何了解天下。

我们这一代人的父母，几乎没有过一天幸福的晚年。老舍在写他的母亲时说，我母亲没有穿一件好衣服，没有吃一顿好饭，我拿什么来写母亲。我能感受到作者当时的心情。萧乾在写他母亲时说，他当时终于参加工作并把第一个月的工资拿来给母亲买罐头，当他把罐头喂给病床上的母亲时，她已经停止了呼吸。季羡林在回忆他母亲时写道：我后悔到北京到清华学习，如果不是这样，我母亲也不会那么辛苦培养我读书。我母亲生病时，都没有告诉我，等我回到家时，母亲已经去世，我当时就恨不得一头撞在母亲的棺木上，随她一起去……

这样的父母很多，如果我们的父母也长寿，到街心公园打打太极拳，提着鸟笼子散散步，过生日时给他们送上一个大蛋糕，春节一家人到酒店吃一顿饭，甚至去旅游，我们心中也会释然。如果我们少一点粗声粗气地对母亲说话，少惹她生气，如果我们能多抽出一点时间来陪陪母亲，那就好了。我想全世界的儿女都是孝的，只要我们仔细看一下"老"字和"孝"字，上面都是一样的，"老"字非常像一个老人半跪着，人到老年要生病，记性不好，像小孩，不再是那个威严的教育你的父母，他变成弱势了，在别人面前还有尊严，在你面前却要依靠……

最后我想说，爱是双向的。只有父母对孩子的爱，没有孩子对父母的爱，这种爱是不完整的。父母养育孩子，子女尊敬父母，爱是人间共同的情怀和关爱。

父 亲

鲁彦

我听到他弥留时的呻吟和叹息,我相信那不是病的痛苦的呻吟和叹息。我知道他还想再活几年,帮我造起屋子来。

"父亲已经上了六十岁了，还想做一点事业，积一点钱，给我造起屋子来。"一个朋友从北方来，告诉了我这样的话。

他的话使我想起了我的父亲。我的父亲正是和他的父亲完全一样的。

我的父亲曾经为我苦了一生，把我养大，送我进学校，为了造屋子，买了几亩田地。六十岁那一年，还到汉口去做生意，怕人家嫌他年老，只说五十几岁。大家都劝他不要再出门，他偏背着包裹走了。

"让我再帮儿子几年！"他只是这样说。后来屋子被火烧掉了，他还想再做生意，把屋子重造起来。我安慰他说，三年以后我自己就可积起钱造屋了，还是等一等吧。他答应了。他给我留下了许多造屋的材料，告诉我这样可以做什么那样可以做什么。他死以前不久，还对我说："早一点造起来吧，我可以给你监工。"

但是他终于没有看见屋子重造起来就死了。他弥留的时候对我说，一切都满足了。但是我知道他倘能再活几年，我把屋子造起来，是他所最心愿的。我听到他弥留时的呻吟和叹息，我相信那不是病的痛苦的呻吟和叹息。我知道他还想再活几年，帮我造起屋子来。

现在我自己已是几个孩子的父亲了。我爱孩子，但我没有前一辈父亲的想法，帮孩子一直帮到老，帮到死还不足。我赞美前一辈父亲的美德，而自己却不能跟着他们的步伐走去。

我觉得我的孩子累我，使我受到极大的束缚。我没有对他们的永久的计划，甚至连最短促的也没有。

"倘使有人要，我愿意把他们送给人家！"我常常这样说，当我厌烦孩子的时候。

唉，和前一辈做父亲的一比，我觉得我们这一辈生命力薄弱得可怜，我们二三十岁的人比不上六七十岁的前辈，他们虽然老的老死的死了，但是他们才是真正地活着到现在、到将来。而我们呢，虽然活着，却是早已死了。

我的母亲

/ 老舍

人,即使活到八九十岁,有母亲便可以多少还有点孩子气。失了慈母便像花插在瓶子里,虽然还有色有香,却失去了根。有母亲的人,心里是安定的。

母亲的娘家是北平德胜门外,土城儿外边,通大钟寺的大路上的一个小村里。村里一共有四五家人家,都姓马。大家都种点不十分肥美的地,但是与我同辈的兄弟们,也有当兵的,作木匠的,作泥水匠的,和当巡察的。他们虽然是农家,却养不起牛马,人手不够的时候,妇女便也须下地作活。

对于姥姥家,我只知道上述的一点。外公外婆是什么样子,我就不知道了,因为他们早已去世。至于更远的族系与家史,就更不晓得了;穷人只能顾眼前的衣食,没有功夫谈论什么过去的光荣;"家谱"这字眼,我在幼年就根本没有听说过。

母亲生在农家,所以勤俭诚实,身体也好。这一点事实却极重要,因为假若我没有这样的一位母亲,我以为我恐怕也就要大大的打个折扣了。

母亲出嫁大概是很早,因为我的大姐现在已是六十多岁的老太婆,而我的大外甥女还长我一岁啊。我有三个哥哥,四个姐姐,但能长大成人的,只有大姐,二姐,三姐,三哥与我。我是"老"儿子。生我的时候,母亲已有四十一岁,大姐二姐已都出了阁。

由大姐与二姐所嫁入的家庭来推断,在我生下之前,我的家里,大概还马马虎虎过得去。那时候定婚讲究门当户对,而大姐丈是作小官的,二姐丈也开过一间酒馆,他们都是相当体面的人。

可是,我,我给家庭带来了不幸:我生下来,母亲晕过去半夜,才睁眼看见她的老儿子——感谢大姐,把我揣在怀中,致未冻死。

一岁半,我把父亲"克"死了。

兄不到十岁,三姐十二三岁,我才一岁半,全仗母亲独力抚养了。父亲的寡姐跟我们一块儿住,她吸鸦片,她喜摸纸牌,她的脾气极坏。为我们的衣食,母亲要给人家洗衣服,缝补或裁缝衣裳。在我的记忆中,她的手终年是鲜红微肿的。白天,她洗衣服,洗一两大绿瓦盆。她作事永远丝毫也不敷衍,就是屠户们送来的黑如铁的布袜,她也给洗得雪白。晚间,她与三姐抱着一盏油灯,还要缝补衣服,一直到半夜。她终年没有休息,可是在忙碌中,她还把院子屋中收拾得清清爽爽。桌椅都是旧的,柜门的铜活久已残缺不全,可是她的手老使破桌面上没有尘土,残破的铜活发着光。院中,父亲遗留下的几盆石榴与夹竹桃,永远会得到应有的浇灌与爱护,年年夏天开许多花。

哥哥似乎没有同我玩耍过。有时候,他去读书;有时候,他去学徒;有时候,他也去卖花生或樱桃之类的小东西。母亲含着泪把他送走,不到两天,又含着泪接他回来。我不明白这都是什么事,而只觉得与他很生疏。与母亲相依为命的是我与三姐。因此，她们做事，我老在后面跟着。她们浇花，我也张罗着取水；她们扫地，我就撮土……从这里，我学得了爱花，爱清洁，守秩序。这些习惯至今还被我保存着。

有客人来，无论手中怎么窘，母亲也要设法弄一点东西去款待。舅父与表哥们往往是自己掏钱买酒肉食，这使她脸上羞得飞红，可是殷勤的给他们温酒作面，又给她一些喜悦。遇上亲友家中有喜丧事，母亲必把大褂洗得干干净净，亲自去贺吊——份礼也许只是两吊小钱。到如今如我的好客的习性，还未全改，尽管生活是这么清苦，因为自幼儿看惯了的事情是不易改掉的。

姑母常闹脾气。她单在鸡蛋里挑骨头。她是我家中的阎王。直到我入了中学，她才死去，我可是没有看见母亲反抗过。"没受过婆婆的气，还不受大姑子的吗？命当如此！"母亲在非解释一下不足以平服别人的时候，才这样说。是的，命当如此。母亲活到老，穷到老，辛苦到老，全是命当如此。她最会吃亏。给亲友邻居帮忙，她总跑在前面：她会给婴儿洗三（注：生育习俗，在中国古代诞生礼中非常重要的一个仪式。婴儿出生后第三日，要举行沐浴仪式，会集亲友为婴儿祝吉，这就是"洗三"）——穷朋友们可以因此少花一笔"请姥姥"钱——她会刮痧，她会给孩子们剃头，她会给少妇们绞脸……凡是她能作的，都有求必应。但是吵嘴打架，永远没有她。她宁吃亏，不逗气。当姑母死去的时候，母亲似乎把一世的委屈都哭了出来，一直哭到坟地。不知道哪里来的一位侄子，声称有继承权，母亲便一声不响，教他搬走那些破桌子烂板凳，而且把姑母养的一只肥母鸡也送给他。

可是，母亲并不软弱。父亲死在庚子闹"拳"（注：即庚子国变，指一九〇〇年义和团运动）的那一年。联军入城，挨家搜索财物鸡鸭，我们被搜两次。母亲拉着哥哥与三姐坐在墙根，等着"鬼子"进门，街门是开着的。"鬼子"进门，一刺刀先把老黄狗刺死，而后入室搜索。他们走后，母亲把破衣箱搬起，才发现了我。假若箱子不空，我早就被压死了。皇上跑了，丈夫死了，鬼子来了，满城是血光火焰，可是母亲不怕，她要在刺刀下，饥荒中，保护着儿女。北平有多少变乱啊，有时候兵变了，街市整条地烧起，火团落在我们院中。有时候内战了，城门紧闭，铺店关门，昼夜响着枪炮。这惊恐，这紧张，再加上一家饮食的筹划，儿女安全的顾虑，岂是一个软弱的老寡妇所能受得起的？可是，在这种时候，母亲的心横起来，她不慌不哭，要从无办法中想出办法来。她的泪会往心中落！这点软而硬的个性，也传给了我。我对一切人与事，都取和平的态度，把吃亏看作当然的。但是，在作人上，我有一定的宗旨与基本的法则，什么事都可将就，而不能超过自己划好的界限。我怕见生人，怕办杂事，怕出头露面；但是到了非我去不可的时候，我便不得不去，正像我的母亲。从私塾到小学，到中学，我经历过起码有廿位教师吧，其中有给我很大影响的，也有毫无影响的，但是我的真正的教师，把性格传给我的，是我的母亲。母亲并不识字，她给我的是生命的教育。

当我在小学毕了业的时候，亲友一致的愿意我去学手艺，好帮助母亲。我晓得我应当去找饭吃，以减轻母亲的勤劳困苦。可是，我也愿意升学。我偷偷的考入了师范学校——制服，饭食，书籍，宿处，都由学校供给。只有这样，我才敢对母亲提升学的话。入学，要交十元的保证金。这是一笔巨款！母亲作了半个月的难，把这巨款筹到，而后含泪把我送出门去。她不辞劳苦，只要儿子有出息。当我由师范毕业，而被派为小学校校长，母亲与我都一夜不曾合眼。我只说了句："以后，您可以歇一歇了！"她的回答只有一串串的眼泪。我入学之后，三姐结了婚。母亲对儿女是都一样疼爱的，但是假若她也有点偏爱的话，她应当偏爱三姐，因为自父亲死后，家中一切的事情都是母亲和三姐共同撑持的。三姐是母亲的右手。但是母亲知道这右手必须割去，她不能为自己的便利而耽误了女儿的青春。当花轿来到我们的破门外的时候，母亲的手就和冰一样的凉，脸上没有血色——那是阴历四月，天气很暖。大家都怕她晕过去。可是，她挣扎着，咬着嘴唇，手扶着门框，看花轿徐徐的走去。不久，姑母死了。三姐已出嫁，哥哥不在家，我又住学校，家中只剩母亲自己。她还须自晓至晚的操作，可是终日没人和她说一句话。新年到了，正赶上政府倡用阳历，不许过旧年。除夕，我请了两小时的假。由拥挤不堪的街市回到清炉冷灶的家中。母亲笑了。及至听说我还须回校，她愣住了。半天，她才叹出一口气来。到我该走的时候，她递给我一些花生，"去吧，小子！"街上是那么热闹，我却什么也没看见，泪遮迷了我的眼。今天，泪又遮住了我的眼，又想起当日孤独的过那凄惨的除夕的慈母。可是慈母不会再候盼着我了，她已入了土！

儿女的生命是不依顺着父母所设下的轨道一直前进的，所以老人总免不了伤心。我廿三岁，母亲要我结了婚，我不要。我请来三姐给我说情，老母含泪点了头。我爱母亲，但是我给了她最大的打击。时代使我成为逆子。廿七岁，我上了英国。为了自己，我给六十多岁的老母以第二次打击。在她七十大寿的那一天，我还远在异域。那天，据姐姐们后来告诉我，老太太只喝了两口酒，很早的便睡下。她想念她的幼子，而不便说出来。

七七抗战后，我由济南逃出来。北平又像庚子那年似的被"鬼子"占据了，可是母亲日夜惦念的幼子却跑西南来。母亲怎样想念我，我可以想象得到，可是我不能回去。每逢接到家信，我总不敢马上拆看，我怕，怕，怕，怕有那不祥的消息。人，即使活到八九十岁，有母亲便可以多少还有点孩子气。失了慈母便像花插在瓶子里，虽然还有色有香，却失去了根。有母亲的人，心里是安定的。我怕，怕，怕家信中带来不好的消息，告诉我已是失了根的花草。

去年一年，我在家信中找不到关于老母的起居情况。我疑虑，害怕。我想象得到，如有不幸，家中念我流亡孤苦，或不忍相告。母亲的生日是在九月，我在八月半写去祝寿的信，算计着会在寿日之前到达。信中嘱咐千万把寿日的详情写来，使我不再疑虑。十二月二十六日，由文化劳军的大会上回来，我接到家信。我不敢拆读。就寝前，我拆开信，母亲已去世一年了！

生命是母亲给我的。我之所以能长大成人，是母亲的血汗灌养的。我之能成为一个不十分坏的人，是母亲感化的。我的性格，习惯，是母亲传给的。她一世未曾享过一天福，临死还吃的是粗粮。唉！还说什么呢？心痛！心痛！

父亲和他的故事

胡也频

父亲的确是个好父亲,好人,我这样确定。倘若像父亲这样的人是个坏人,那么全世界的人就没有一个好的,我并且想。

我常常听别人说到我父亲，有的说他是个大傻子，有的说他是个天下最荒唐的人，有的说……总而言之人家所说的都没有好话，不是讥讽就是嘲笑。有一次养鸡的那个老太婆骂她的小孩子，我记得，她是我们乡里顶凶的老太婆，她开口便用一张可怕的脸——

"给你的那个铜子呢？"

"输了。"那孩子显得很害怕。

"输给谁呢？"

"输——输给小二。"

"怎么输的？"

"两条狗打架……我说黄的那条打赢，他说不，就这样输给他了。"那孩子一面要哭地鼓起嘴。

"你这个小毛虫！"老太婆一顺手便是一个耳光，接着骂道："这么一点年纪就学坏，长大了，你一定是个败家子，也像那个高鼻子似的……"所谓高鼻子,这就是一般乡人只图自己快活而送给我父亲的绰号。

真的,对于我父亲,全乡的人并没有谁曾生过一些敬意——不,简直在人格上连普通的待遇也没有,好像他是一个罪不可赦的罪人,什么人只要不像他,便什么都好了。

然而父亲在我的心中,却实在并不同于别人那样的轻视,我看见我父亲,我觉得他可怜了。

父亲的脸总是沉默的,沉默得可怕,轻易看不到他的笑容。他终日工作的辛苦,使得他的眼睛失了充足的光彩。因为他常常蹙着眉头,那额上,便自自然然添出两条很深的皱纹了。我不能在他这样的脸貌上看出使人家侮蔑的证据。并且,父亲纵然是非常寡言,但是并不冷酷,只有一次他和母亲生气打破一只饭碗之外,我永远觉得父亲是慈爱可亲的。我一看见我父亲就欢喜了。

不过人言也总有它的力量。听别人这样那样说,我究竟也对于父亲生过怀疑,我想:为什么人家不说别人的坏话,单单要说父亲一个呢?可是一看见到父亲,我就觉得这种怀疑是我的罪过,我不该在如此慈爱可亲的父亲面前怀疑他年轻时曾做过什么不合人情的事。父亲的确是个好父亲,好人,我这样确定。倘若像父亲这样的人是个坏人,那么全世界的人就没有一个好的,我并且想。

虽然我承认我父亲并不是乡人所说的那种人,但人家一说到坏处就拿"高鼻子"做比喻,却是永远继续下去了。

这直到有一天,我记得,就是那只黄母鸡连生两个蛋的那一天。这天一天亮太阳就是红的。父亲拿着锄头到菜园里去了。母亲为了病的缘故还躺在床铺上。她把我推醒了,说:"你也该起来了,狗狗!"

我擦着眼屎回答:"今天不去。"

"为什么?"

"两只母牛全有病,那只公牛又要牵到城里去。"

"那么,"母亲忽然欢喜了,"趁今天,你多睡一会吧,好孩子,你天天总没有睡够的!"

我便合上眼睛,然而总不能睡,一种习惯把我弄得非醒着不可了,于是我问到父亲。

"到菜园去了。"

想着父亲每天不是到菜园就是到田里去做工,那怜悯他的心情,又油然而生:在我,我是只承认父亲应该在家里享福的,像别的有钱的人在家里享福一样。然而父亲是穷人,他只能到田里或菜园去,把锄头捎在白脑壳后面(因为他的头发全白了),这就是我很固执地可怜他的缘故。

我这时并且联想到许多人言——那每一个字音都是不怀好意的侮蔑,我不禁又怀疑起父亲了。我觉得,倘若这人言是有因的,那么母亲一定知道这秘密。

"爸爸是好人,可是全乡的人都讲他不好。"我开头说。

母亲不作声。她用惊疑的眼光看我,大约我说的话太出她意外了。

"人家一说到不好的事情就拿他做比喻……"

母亲闭起眼睛,想着什么似的。

我又说:"为什么呢,大家都这样鄙视爸爸?为什么他们不鄙视别人?爸爸是好人,我相信——"

母亲把眼睛张开了,望了我一眼,便叹了一口气。

于是我疑惑了。母亲的这举动,使我不能不猜疑到父亲或者真有了什么故事,为大家所瞧不起的。

我默着。我不想再说什么了。我害怕母亲将说出父亲的什么坏事。我不愿在慈爱可亲的父亲身上发现了永远难忘的秘密。我望着母亲,我希望她告诉我:父亲是怎样值得敬重的人物……我又想着许多人言去了。

我一面极力保存我的信仰,这就是父亲仍然是一个慈爱可亲的父亲。他的那沉默苦闷的脸,那因了辛苦的白头发,便在一瞬间全浮到我心上来了。我便又可怜他。我觉得人家的坏话是故意捏造的,捏造的缘故,正是人们容不得有个好人。

然而母亲却开口了,第一句她就埋怨说:"怪得别人么?"

这是怎样一种不幸事实的开头呢。我害怕。我不愿父亲变成不是我所敬爱的父亲。我几乎发呆地望着母亲,在我的心中我几乎要哭了,可是母亲并不懂得这意思,她只管说她的感慨。

"只怪他自己!"

显然父亲曾做过什么坏事了。我只想把母亲的嘴掩住,不要她再说出更不好的关于父亲的事情。

可是母亲又说下去了:"自己做的事正应该自己去承受!"她又叹了一口气,"女人嫁到这样的男子,真是前世就做过坏梦的女人。"

我吓住了。我整个发呆地望着她。我央告地说:"不——妈妈,你不要再说下去了。"

母亲不理会。也许她并不曾听见我所说的。她又继续她的感慨:"真的,天下的男人(女人也在内),可没有第二个人比你父亲还会傻的。傻得真岂有此理——

(她特别望了我一眼。)

"你以为我冤枉他么?冤枉,一点也不。他实在比天下人都傻。我从没有听说过有人会像他那样的荒唐!你想想,孩子,你爸爸做的是什么事情。

"说来年代可久了。那是二十五年前的事——你还没有出世呢——我嫁给你父亲还不到两年。这两年以前的生活却也过得去。这两年以后么,见鬼啦,我永远恨这个傻子,荒唐到出奇的人。我到现在还没有寻死,也就是要恨他才活着的。

"这一年是一个荒年。真荒得厉害。差不多三个月不下一滴雨。把水龙神游街了五次,并且把天后娘娘也请出宫来了,然而全白费。哪里见一滴雨?田干了,池子干了,河水干了,鱼虾也干了。什么都变了模样!树叶是黄的,菜叶是黄的,秧苗也是黄的,石板发烧,木头快要发火了,牲畜拖着舌头病倒了,人也要热得发狂了。那情景,真是,好像什么都要暴动的样子:天也要暴动,地也要暴动……到处都是蝗虫。

"直到现在,我还是害怕太阳比害怕死还害怕,说到那一年的旱荒,没有一个人有胆子再去回想一趟。

(她咽了一下口水。)

"你——有福气的孩子,没有遇上那种荒年,真是比什么人都有福气的。

"你父亲干的荒唐事就在那时候。这个大傻子,我真不愿讲起他,讲起他来我的心就会不平,我永远不讲他才好。

（母亲不自禁地却又讲下去。）

"你父亲除了一个菜园，一个小柴山，是还有三担田的。因为自己有田，所以对于那样的旱天，便格外焦心了。他天天跑到田里去看：那才出地三寸多长的秧慢慢地软了，瘪了，黄了，干了，秋收绝望了。这是何等重大的事情啊，一个秋收的绝望！其实还不止没有谷子收，连菜也没有，果木更不用说了——每一个枝上都生虫了。

"你父亲整天地叹气：完了，什么都完了！

"不消说，他也和别人一样，明知是秧干了，菜黄了，一切都死了，纵然下起雨来也没有救了，然而还是希望着下雨的。你父亲希望下雨的心比谁都强。他竟至于发誓说：只要下雨，把他的寿数减去十年，他也愿意的。

"他的荒唐事就在这希望中发生了。这真是千古没有的荒唐事！你想想看是一种什么事呀？

"你父亲正在菜园里，一株一株地拔去那干死的油菜，那个——我这一辈子不会忘记他——那个曾当过刽子手的王大保，他走来了，你父亲便照例向他打招呼。两个人便开始谈话了。

"他先说，'唉！今年天真干得可以！'

"'可不是？'你父亲回答，'什么都死了。'

"'天灾啊！'

"'谁说不是呢？我们这一县从今年起可就穷到底了。'

"'有田的人也没有米吃……'

"'没有田的人更要饿死了。'

"'你总可以过得去吧。去年你的田收成很好呀。'

"'吃两年无论如何是不够的。说不定这田明年也下不得种：

太干了,下种也不会出苗的。'

"'干得奇怪!大约一百年所没有的。'

"'再不下雨,人也要干死了。'

"'恐怕这个月里面不会下吧。'

"'不。我想不出三天一定会下的。'

"'怎么见得呢?'

"'我说不出理由。横直在三天之内一定会下的。'

"'我不信。'

"'一定会的。'

"'你看这天气,三天之内能下雨么?'

"'准能够。'

"'我说,一定不会下的。'

"'一定会——'

"'三天之内能下雨,那才是怪事呢——'

"'怎么,你不喜欢下雨么?'

"'为什么说我不喜欢?'

"'你自己没有田——'

"'你简直侮辱人……'

"'要是不,为什么你硬说要不会下雨呢?'

"'看天气是不会下的。'

"'一定会——'

"'打个赌!'

"'好的,你说打什么?'

"'把我的人打进去都行。'

"'那么，你说——'

"'我有四担田——就是你知道的，我就把这四担田和你打赌。'

"'那我只有三担田。'

"'添上你的那个柴山好了。'

"'好的。'

"'说赌就是真赌。'

"'不要脸的人才会反悔。'

"其实你父亲并不想赢人家的田。他只是相信他自己所觉得的，三天之内的下雨。

"谁知三天过去了，满天空还是火热的，不但不下雨，连一块像要下雨的云都没有。这三天的最后一天，你父亲真颓丧得像个什么，不吃饭，也不到田里去，只在房里独自地烦恼，愤怒得几乎要发疯了。

"于是第四天一清早，那个王大保就来了，他开头说：'打赌的事情你大约已经忘记了！'

"'谁忘记呢！'你父亲的生性是不肯受一点委屈的。

"'那么这三天中你看见过下雨么？'

你父亲不作声。

"他又说：'那个赌算是真赌还是假赌？'

你父亲望着他。

"'不要脸的人才会反悔——这是你自己说的话呀。'王大保冷冷地笑。

"'我反悔过没有？'你父亲动气了。

"'不反悔那就得实行我们的打赌。'

"'大丈夫一言既出——破产算个什么呢。'你父亲便去拿田契。

"唉！（母亲特别感慨了。）这是什么事情啊。我的天！为了讲笑话一样的打赌，就真的把仅有的三担田输给别人么？没有人干过的事！那时候我和你父亲争执了半天，我死命不让他把田契拿去，可是他终于把我推倒，一伸腿就跑开了。

"我是一个女人，女人能够做什么事情呢？我只有哭了。眼泪好几天没有干。可是流泪又有什么用处呢？

"你父亲——这个荒唐鬼——大大方方地就把一个小柴山和三担田给人家去了。自己祖业已成为别人的财产了。什么事只有男子才干得出来的。我有什么能力？一个女人，女人固然是男子所喜欢的，但是女人要男子不做他任意的事情可不行。我哭，哭也没有用；我恨，恨死他，还不是空的。

"啊，我记起了，我和你父亲还打了一场架呢。

"他说：'与其让别人说我放赖，说我是一个打不起赌的怯汉，与其受这种羞辱，我宁肯做叫花子或是饿死的！'

"然而结果呢？把柴山给人家了，把田也给人家了，还不是什么人都说你父亲的坏话？这个傻子……"

母亲把话停住，我看见她的眼泪慢慢地流出来。

"要不是，"她又说，"我们也不会这样苦呀。"声音是呜咽了。

我害怕母亲的哭，便悄悄地跑下楼去。

这一天的下午我看见到父亲，我便问："爸爸，你从前曾和一个刽子手打赌，是不是？"

父亲吃了一惊。

"听谁说的？"他的脸忽然阴郁了。

"人家都说你不好,所以我问母亲,母亲告诉我的。"

父亲的眉头紧蹙起来,闭起眼睛,显得万分难过的样子。

"对了,爸爸曾有过这么一回事。"他轻轻地拍一下我的肩膀说,"这都是爸爸的错处,害得你母亲吃苦,害得你到现在还替人家看牛……"

父亲想哭似的默着走去了。

从这时起我便觉得我父亲是一个非凡的人物。而这故事便是证明他非凡的故事。

我的母亲

胡适

如果我学得了一丝一毫的好脾气,如果我学得了一点点待人接物的和气,如果我能宽恕人、体谅人——我都得感谢我的慈母。

我小时候身体弱,不能跟着野蛮的孩子们一块儿玩。我母亲也不准我和他们乱跑乱跳。小时不曾养成活泼游戏的习惯,无论在什么地方,我总是文绉绉的。所以家乡老辈都说我"像个先生样子",遂叫我做"穈先生"。这个绰号叫出去之后,人都知道三先生的小儿子叫做穈先生了。既有"先生"之名,我不能不装出点"先生"样子,更不能跟着顽童们"野"了。有一天,我在我家八字门口和一班孩子"掷铜钱",一位老辈走过,见了我,笑道:"穈先生也掷铜钱吗?"我听了羞愧得面红耳热,觉得大失了"先生"的身份!

　　大人们鼓励我装先生样子,我也没有嬉戏的能力和习惯,又因为我确是喜欢看书,故我一生可算是不曾享过儿童游戏的生活。每年秋天,我的庶祖母同我到田里去"监割"(顶好的田,水旱无忧,收成最好,佃户每约田主来监割,打下谷子,两家平分),我总是坐在小树下看小说。十一二岁时,我稍活泼一点,居然和一群同学组织了一个戏剧班,做了一些木刀竹枪,借得了几副假胡须,就在村口田里做戏。我做的往往是诸葛亮,刘备一类的文角儿;只有一次我做史文恭,被花荣一箭从椅子上射倒下去,这算是我最活泼的玩艺儿了。

我在这九年(一八九五年至一九〇四年)之中,只学得了读书写字两件事。在文字和思想的方面,不能不算是打了一点底子。但别的方面都没有发展的机会。有一次我们村"当朋"(八都凡五村,称为"五朋",每年一村轮着做太子会,名为"当朋")筹备太子会,有人提议要派我加入前村的昆腔队里学习吹笙或吹笛。族里长辈反对,说我年纪太小,不能跟着太子会走遍五朋。于是我便失掉了这学习音乐的唯一机会。三十年来,我不曾拿过乐器,也全不懂音乐;究竟我有没有一点学音乐的天资,我至今还不知道。至于学图画,更是不可能的事。我常常用竹纸蒙在小说书的石印绘像上,摹画书上的英雄美人。有一天,被先生看见了,挨了一顿大骂,抽屉里的图画都被搜出撕毁了。于是我又失掉了学做画家的机会。

但这九年的生活,除了读书看书之外,究竟给了我一点做人的训练。在这一点上,我的恩师便是我的慈母。

每天天刚亮时,我母亲就把我喊醒,叫我披衣坐起。我从不知道她醒来坐了多久了。她看我清醒了,便对我说昨天我做错了什么事,说错了什么话,要我认错,要我用功读书。有时候她对我说父亲的种种好处,她说:"你总要踏上你老子的脚步。我一生只晓得这一个完全的人,你要学他,不要跌他的股(跌股便是丢脸,出丑）。"她说到伤心处，往往掉下泪来。到天大明时，她才把我的衣服穿好，催我去上早学。学堂门上的锁匙放在先生家里；我先到学堂门口一望，便跑到先生家里去敲门。先生家里有人把锁匙从门缝里递出来，我拿了跑回去，开了门，坐下念生书，十天之中，总有八九天我是第一个去开学堂门的。等到先生来了，我背了生书，才回家吃早饭。

我母亲管束我最严，她是慈母兼任严父。但她从来不在别人面前骂我一句，打我一下。我做错了事，她只对我一望，我看见了她的严厉眼光，便吓住了。犯的事小，她等到第二天早晨我睡醒时才教训我。犯的事大，她等到晚上人静时，关了房门，先责备我，然后行罚，或罚跪，或拧我的肉。无论怎样重罚，总不许我哭出声音来。她教训儿子不是借此出气叫别人听的。

有一个初秋的傍晚，我吃了晚饭，在门口玩，身上只穿着一件单背心。这时候我母亲的妹子玉英姨母在我家住，她怕我冷了，拿了一件小衫出来叫我穿上。我不肯穿，她说："穿上吧，凉了。"我随口回答："娘（凉）什么！老子都不老子呀。"我刚说了这句话，一抬头，看见母亲从家里走出，我赶快把小衫穿上。但她已听见这句轻薄的话了。晚上人静后，她罚我跪下，重重地责罚了一顿。她说："你没了老子，是多么得意的事！好用来说嘴！"她气得坐着发抖，也不许我上床去睡。我跪着哭，用手擦眼泪，不知擦进了什么微菌，后来足足害了一年多的眼翳病。医来医去，总医不好。我母亲心里又悔又急，听说眼翳可以用舌头舔去，有一夜她把我叫醒，她真用舌头舔我的病眼。这是我的严师，我的慈母。

我母亲二十三岁做了寡妇，又是当家的后母。这种生活的痛苦，我的笨笔写不出一万分之一二。家中财政本不宽裕，全靠二哥在上海经营调度。大哥从小就是败子，吸鸦片烟，赌博，钱到手就光，光了就回家打主意，见了香炉就拿出去卖，捞着锡茶壶就拿出去押。我母亲几次邀了本家长辈来，给他定下每月用费的数目。但他总不够用，到处都欠下烟债赌债。每年除夕我家中总有一大群讨债的，每人一盏灯笼，坐在大厅上不肯去。大哥早已避出去了。大厅的两排椅子上满满的都是灯笼和债主。我母亲走进走出，料理年夜饭，谢灶神，压岁钱等事，只当做不曾看见这一群人。到了近半夜，快要"封门"了，我母亲才走后门出去，央一位邻舍本家到我家来，每一家债户开发一点钱。做好做歹的，这一群讨债的才一个一个提着灯笼走出去。一会，大哥敲门回来了。我母亲从不骂他一句。并且因为是新年，她脸上从不露出一点怒色。这样的过年，我过了六七次。

大嫂是个最无能而又最不懂事的人，二嫂是个很能干而气量很窄小的人。她们常常闹意见，只因为我母亲的和气榜样，她们还不曾有公然相骂相打的事。她们闹气时，只是不说话，不答话，把脸放下来，叫人难看；二嫂生气时，脸色变青，更是怕人。她们对我母亲闹气时，也是如此。我起初全不懂得这一套，后来也渐渐懂得看人的脸色了。我渐渐明白，世间最可恶的事莫如一张生气的脸；世间最下流的事莫如把生气的脸摆给旁人看，这比打骂还难受。

我母亲的气量大，性子好，又因为做了后母后婆，她更事事留心，事事格外容忍。大哥的女儿比我只小一岁，她的饮食衣料总是和我的一样。我和她有小争执，总是我吃亏，母亲总是责备我，要我事事让她。后来大嫂二嫂都生了儿子了，她们生气时便打骂孩子来出气,一面打,一面用尖刻有刺的话骂给别人听。我母亲只装做没听见。有时候,她实在忍不住了,便悄悄走出门去,或到左邻立大嫂家去坐一会,或走后门到后邻度嫂家去闲谈。她从不和两个嫂子吵一句嘴。

每个嫂子一生气,往往十天半个月不歇,天天走进走出,板着脸,咬着嘴,打骂小孩子出气。我母亲只忍耐着,忍到实在不可再忍的一天,她也有她的法子。这一天的天明时,她就不起床,轻轻地哭一场。她不骂一个人,只哭她的丈夫,哭她自己命苦,留不住她丈夫来照管她。她刚哭时,声音很低,渐渐哭出声来。我醒了起来劝她,她不肯住。这时候,我总听得见前堂(二嫂住前堂东房)或后堂(大嫂住后堂西房)有一扇门开了,一个嫂子走出房向厨房走去。不多一会,那位嫂子来敲我们的房门了。我开了房门,她走进来,捧着一碗热茶,送到我母亲床前,劝她止哭,请她喝口热茶。我母亲慢慢止住哭声,伸手接了茶碗。那位嫂子站着劝一会,才退出去。没有一句话提到什么人,也没有一个字提到这十天半个月来的气脸,然而各人心里明白,泡茶进来的嫂子总是那十天半个月来闹气的人。奇怪得很,这一哭之后,至少有一两个月的太平清净日子。

我母亲待人最仁慈,最温和,从来没有一句伤人感情的话。但她有时候也很有刚气,不受一点人格上的侮辱。我家五叔是个无正业的浪人,有一天在烟馆里发牢骚,说我母亲家中有事总请某人帮忙,大概总有什么好处给他。这句话传到了我母亲耳朵里,她气得大哭,请了几位本家来,把五叔喊来,她当面质问他,她给了某人什么好处。直到五叔当众认错赔罪,她才罢休。

我在我母亲的教训之下住了九年，受了她的极大极深的影响。我十四岁（其实只有十二岁零两三个月）便离开她了，在这广漠的人海里独自混了二十多年，没有一个人管束过我。如果我学得了一丝一毫的好脾气，如果我学得了一点点待人接物的和气，如果我能宽恕人，体谅人——我都得感谢我的慈母。

背 影

朱自清

这时我看见他的背影,我的泪很快地流下来了。我赶紧拭干了泪,怕他看见,也怕别人看见。

我与父亲不相见已二年余了，我最不能忘记的是他的背影。那年冬天，祖母死了，父亲的差使也交卸了，正是祸不单行的日子。我从北京到徐州，打算跟着父亲奔丧回家。到徐州见着父亲，看见满院狼藉的东西，又想起祖母，不禁簌簌地流下眼泪。父亲说："事已如此，不必难过，好在天无绝人之路！"

回家变卖典质，父亲还了亏空；又借钱办了丧事。这些日子，家中光景很是惨淡，一半为了丧事，一半为了父亲赋闲。丧事完毕，父亲要到南京谋事，我也要回北京念书，我们便同行。

到南京时，有朋友约去游逛，勾留了一日；第二日上午便须渡江到浦口，下午上车北去。父亲因为事忙，本已说定不送我，叫旅馆里一个熟识的茶房陪我同去。他再三嘱咐茶房，甚是仔细。但他终于不放心，怕茶房不妥帖；颇踌躇了一会。其实我那年已二十岁，北京已来往过两三次,是没有什么要紧的了。他踌躇了一会,终于决定还是自己送我去。我两三回劝他不必去;他只说:"不要紧,他们去不好!"

我们过了江,进了车站。我买票,他忙着照看行李。行李太多了,得向脚夫行些小费,才可过去。他便又忙着和他们讲价钱。我那时真是聪明过分,总觉他说话不大漂亮,非自己插嘴不可。但他终于讲定了价钱;就送我上车。他给我拣定了靠车门的一张椅子;我将他给我做的紫毛大衣铺好座位。他嘱我路上小心,夜里要警醒些,不要受凉。又嘱托茶房好好照应我。我心里暗笑他的迂;他们只认得钱,托他们直是白托!而且我这样大年纪的人,难道还不能料理自己么?唉,我现在想想,那时真是太聪明了!

我说道:"爸爸,你走吧。"他望车外看了看,说:"我买几个橘子去。你就在此地,不要走动。"我看那边月台的栅栏外有几个卖东西的等着顾客。走到那边月台,须穿过铁道,须跳下去又爬上去。父亲是一个胖子,走过去自然要费事些。我本来要去的,他不肯,只好让他去。我看见他戴着黑布小帽,穿着黑布大马褂,深青布棉袍,蹒跚地走到铁道边,慢慢探身下去,尚不大难。可是他穿过铁道,要爬上那边月台,就不容易了。他用两手攀着上面,两脚再向上缩;他肥胖的身子向左微倾,显出努力的样子。这时我看见他的背影,我的泪很快地流下来了。我赶紧拭干了泪,怕他看见,也怕别人看见。我再向外看时,他已抱了朱红的橘子往回走了。过铁道时,他先将橘子散放在地上,自己慢慢爬下,再抱起橘子走。到这边时,我赶紧去搀他。他和我走到车上,将橘子一股脑儿放在我的皮大衣上。于是扑扑衣上的泥土,心里很轻松似的,过一会说:"我走了;到那边来信!"我望着他走出去。他走了几步，回过头看见我，说："进去吧，里边没人。"等他的背影混入来来往往的人里，再找不着了，我便进来坐下，我的眼泪又来了。

　　近几年来，父亲和我都是东奔西走，家中光景是一日不如一日。他少年出外谋生，独力支持，做了许多大事。哪知老境却如此颓唐！他触目伤怀，自然情不能自已。情郁于中，自然要发之于外；家庭琐屑便往往触他之怒。他待我渐渐不同往日。但最近两年不见，他终于忘却我的不好，只是惦记着我，惦记着我的儿子。我北来后，他写了一信给我，信中说道："我身体平安，惟膀子疼痛利害，举箸提笔，诸多不便，大约大去之期不远矣。"我读到此处，在晶莹的泪光中，又看见那肥胖的，青布棉袍，黑布马褂的背影。唉！我不知何时再能与他相见！

感情的碎片

萧红

　　花盆里的金百合映着我的眼睛，小洋刀的闪光映着我的眼睛。眼泪就再没有流落下来，然而那是热的，是发炎的。

近来觉得眼泪常常充满着眼睛,热的,它们常常会使我的眼圈发烧。然而它们一次也没有滚落下来。有时候它们站到了眼毛的尖端,闪耀着玻璃似的液体,每每在镜子里面看到。

一看到这样的眼睛,又好像回到了母亲死的时候。母亲并不十分爱我,但也总算是母亲。她病了三天了,是七月的末梢,许多医生来过了,他们骑着白马,坐着三轮车,但那最高的一个,他用银针在母亲的腿上刺了一下,他说:

"血流则生,不流则亡。"

我确确实实看到那针孔是没有流血,只是母亲的腿上凭空多了一个黑点。医生和别人都退了出去,他们在堂屋里议论着。我背向了母亲,我不再看她腿上的黑点。我站着。

"母亲就要没有了吗?"我想。

大概就是她极短的清醒的时候:

"……你哭了吗?不怕,妈死不了!"

我垂下头去，扯住了衣襟，母亲也哭了。

而后我站到房后摆着花盆的木架旁边去。我从衣袋取出来母亲买给我的小洋刀。

"小洋刀丢了就从此没有了吧？"于是眼泪又来了。

花盆里的金百合映着我的眼睛，小洋刀的闪光映着我的眼睛。眼泪就再没有流落下来，然而那是热的，是发炎的。但那是孩子的时候。

而今则不应该了。

父亲的病

/鲁迅

"叫呀,你父亲要断气了。快叫呀!"衍太太说。

"父亲!父亲!"我就叫起来。

"大声!他听不见。还不快叫?!"

"父亲!!!父亲!!!"

他已经平静下去的脸,忽然紧张了,将眼微微一睁,仿佛有一些苦痛。

大约十多年前罢，S城（注：这里指绍兴城）中曾经盛传过一个名医的故事：

他出诊原来是一元四角，特拨十元，深夜加倍，出城又加倍。有一夜，一家城外人家的闺女生急病，来请他了，因为他其时已经阔得不耐烦，便非一百元不去。他们只得都依他。待去时，却只是草草地一看，说道"不要紧的"，开一张方，拿了一百元就走。那病家似乎很有钱，第二天又来请了。他一到门，只见主人笑面承迎，道，"昨晚服了先生的药，好得多了，所以再请你来复诊一回。"仍旧引到房里，老妈子便将病人的手拉出帐外来。他一按，冷冰冰的，也没有脉，于是点点头道，"唔，这病我明白了。"从从容容走到桌前，取了药方纸，提笔写道：

"凭票付英洋（注：即'鹰洋'，墨西哥银圆，币面铸有鹰的图案，鸦片战争后曾大量流入我国）壹百元正。"下面是署名，画押。

"先生，这病看来很不轻了，用药怕还得重一点罢。"主人在背后说。

"可以，"他说。于是另开了一张方：

"凭票付英洋贰百元正。"下面仍是署名，画押。

这样，主人就收了药方，很客气地送他出来了。

我曾经和这名医周旋过两整年，因为他隔日一回，来诊我的父亲的病。那时虽然已经很有名，但还不至于阔得这样不耐烦；可是诊金却已经是一元四角。现在的都市上，诊金一次十元并不算奇，可是那时是一元四角已是巨款，很不容易张罗的了；又何况是隔日一次。他大概的确有些特别，据舆论说，用药就与众不同。我不知道药品，所觉得的，就是"药引"的难得，新方一换，就得忙一大场。先买药，再寻药引。"生姜"两片，竹叶十片去尖，他是不用的了。起码是芦根，须到河边去掘；一到经霜三年的甘蔗，便至少也得搜寻两三天。可是说也奇怪，大约后来总没有购求不到的。

据舆论说，神妙就在这地方。先前有一个病人，百药无效；待到遇见了什么叶天士先生（注：清乾隆时名医），只在旧方上加了一味药引：梧桐叶。只一服，便霍然而愈了。"医者，意也。"其时是秋天，而梧桐先知秋气。其先百药不投，今以秋气动之，以气感气，所以……我虽然并不了然，但也十分佩服，知道凡有灵药，一定是很不容易得到的，求仙的人，甚至于还要拼了性命，跑进深山里去采呢。

这样有两年，渐渐地熟识，几乎是朋友了。父亲的水肿是逐日利害，将要不能起床；我对于经霜三年的甘蔗之流也逐渐失了信仰，采办药引似乎再没有先前一般踊跃了。正在这时候，他有一天

来诊,问过病状,便极其诚恳地说:

"我所有的学问,都用尽了。这里还有一位陈莲河先生(注:指何廉臣,当时绍兴的中医),本领比我高。我荐他来看一看,我可以写一封信。可是,病是不要紧的,不过经他的手,可以格外好得快……"

这一天似乎大家都有些不欢,仍然由我恭敬地送他上轿。进来时,看见父亲的脸色很异样,和大家谈论,大意是说自己的病大概没有希望的了;他因为看了两年,毫无效验,脸又太熟了,未免有些难以为情,所以等到危急时候,便荐一个生手自代,和自己完全脱了干系。但另外有什么法子呢?本城的名医,除他之外,实在也只有一个陈莲河了。明天就请陈莲河。

陈莲河的诊金也是一元四角。但前回的名医的脸是圆而胖的,他却长而胖了:这一点颇不同。还有用药也不同。前回的名医是一个人还可以办的,这一回却是一个人有些办不妥帖了,因为他一张药方上,总兼有一种特别的丸散和一种奇特的药引。

芦根和经霜三年的甘蔗,他就从来没有用过。最平常的是"蟋蟀一对",旁注小字道:"要原配,即本在一窠中者。"似乎昆虫也要贞节,续弦或再醮(注:旧指妇女再嫁),连做药资格也丧失了。但这差使在我并不为难,走进百草园,十对也容易得,将它们用线一缚,活活地掷入沸汤中完事。然而还有"平地木十株"呢,这可谁也不知道是什么东西了,问药店,问乡下人,问卖草药的,问老年人,问读书人,问木匠,都只是摇摇头,临末才记起了那远房的叔祖,爱种一点花木的老人,跑去一问,他果然知道,是生在山中树下的一种小树,能结红子如小珊瑚珠的,普通都称为"老弗大"。

"踏破铁鞋无觅处，得来全不费工夫。"药引寻到了，然而还有一种特别的丸药：败鼓皮丸。这"败鼓皮丸"就是用打破的旧鼓皮做成；水肿一名鼓胀，一用打破的鼓皮自然就可以克伏他。清朝的刚毅因为憎恨"洋鬼子"，预备打他们，练了些兵称作"虎神营"，取虎能食羊、神能伏鬼的意思，也就是这道理。可惜这一种神药，全城中只有一家出售的，离我家就有五里，但这却不像平地木那样，必须暗中摸索了，陈莲河先生开方之后，就恳切详细地给我们说明。

"我有一种丹，"有一回陈莲河先生说，"点在舌上，我想一定可以见效。因为舌乃心之灵苗……价钱也并不贵，只要两块钱一盒……"

我父亲沉思了一会，摇摇头。

"我这样用药还会不大见效，"有一回陈莲河先生又说，"我想，可以请人看一看，可有什么冤愆（注：迷信说法，指冤鬼作祟之类）……医能医病，不能医命，对不对？自然，这也许是前世的事……"

我的父亲沉思了一会，摇摇头。

凡国手，都能够起死回生的，我们走过医生的门前，常可以看见这样的匾额。现在是让步一点了，连医生自己也说道："西医长于外科，中医长于内科。"但是S城那时不但没有西医，并且谁也还没有想到天下有所谓西医，因此无论什么，都只能由轩辕岐伯（注：指古代名医）的嫡派门徒包办。轩辕时候是巫医不分的，所以直到现在，他的门徒就还见鬼，而且觉得"舌乃心之灵苗"。这就是中国人的"命",连名医也无从医治的。

不肯用灵丹点在舌头上,又想不出"冤愆"来,自然,单吃了一百多天的"败鼓皮丸"有什么用呢?依然打不破水肿,父亲终于躺在床上喘气了。还请一回陈莲河先生,这回是特拔,大洋十元。他仍旧泰然地开了一张方,但已停止败鼓皮丸不用,药引也不很神妙了,所以只消半天,药就煎好,灌下去,却从口角上回了出来。

从此我便不再和陈莲河先生周旋,只在街上有时看见他坐在三名轿夫的快轿里飞一般抬过;听说他现在还康健,一面行医,一面还做中医什么学报(注:指《绍兴医药月报》),正在和只长于外科的西医奋斗哩。

中西的思想确乎有一点不同。听说中国的孝子们,一到将要"罪孽深重祸延父母"的时候,就买几斤人参,煎汤灌下去,希望父母多喘几天气,即使半天也好。我的一位教医学的先生却教给我医生的职务道:可医的应该给他医治,不可医的应该给他死得没有痛苦。——但这先生自然是西医。

父亲的喘气颇长久,连我也听得很吃力,然而谁也不能帮助他。我有时竟至于电光一闪似的想道:"还是快一点喘完了罢……"立刻觉得这思想就不该,就是犯了罪;但同时又觉得这思想实在是正当的,我很爱我的父亲。便是现在,也还是这样想。

早晨,住在一门里的衍太太(注:作者叔祖周子传的妻子)进来了。她是一个精通礼节的妇人,说我们不应该空等着。于是给他换衣服;又将纸锭和一种什么《高王经》烧成灰,用纸包了给他捏在拳头里……

"叫呀,你父亲要断气了。快叫呀!"衍太太说。

"父亲！父亲！"我就叫起来。

"大声！他听不见。还不快叫？！"

"父亲！！！父亲！！！"

他已经平静下去的脸，忽然紧张了，将眼微微一睁，仿佛有一些苦痛。

"叫呀！快叫呀！"她催促说。

"父亲！！！"

"什么呢？……不要嚷……不……"他低低地说，又较急地喘着气，好一会，这才复了原状，平静下去了。

"父亲！！！"我还叫他，一直到他咽了气。

我现在还听到那时的自己的这声音，每听到时，就觉得这却是我对于父亲的最大的错处。

万物之母

/ 许地山

村里若没有孩子们,就不成村落了。在这经过离乱的村里,不但没有孩子,而且有人向你要求孩子!

在这经过离乱的村里，荒屋破篱之间，每日只有几缕零零落落的炊烟冒上来；那人口的稀少可想而知。你一进到无论哪个村里，最喜欢遇见的，是不是村童在阡陌间或园圃中跳来跳去；或走在你的前头，或随着你步后模仿你的行动？村里若没有孩子们，就不成村落了。在这经过离乱的村里，不但没有孩子，而且有人向你要求孩子！

这里住着一个不满三十岁的寡妇，一见人来，便要求，说："善心善行的人，求你对那位总爷说，把我的儿子给回。那穿虎纹衣服、戴虎儿帽的便是我的儿子。"

她的儿子被乱兵杀死已经多年了。她从不会忘记：总爷把无情的剑拔出来的时候，那穿虎纹衣服的可怜儿还用双手招着，要她搂抱。她要跑去接的时候，她的精神已和黄昏的霞光一同麻痹而熟睡了。唉，最惨的事岂不是人把寡妇怀里的独生子夺过去,且在她面前害死吗?要她在醒后把这事完全藏在她记忆的多宝箱里,可以说,比剖芥子来藏须弥还难。

她的屋里排列了许多零碎的东西,当时她儿子玩过的小囝也在其中。在黄昏时候,她每把各样东西抱在怀里说:"我的儿,母亲岂有不救你,不保护你的?你现在在我怀里咧。不要作声,看一会人来又把你夺去。"可是一过了黄昏,她就立刻醒悟过来,知道那所抱的不是她的儿子。

那天,她又出来找她的"命"。月的光明蒙着她,使她在不知不觉间进入村后的山里。那座山,就是白天也少有人敢进去,何况在盛夏的夜间,杂草把樵人的小径封得那么严!她一点也不害怕,攀着小树,缘着茑萝,慢慢地上去。

她坐在一块大石上歇息,无意中给她听见了一两声的儿啼。她不及判别,便说:"我的儿,你藏在这里么?我来了,不要哭啦。"

她从大石上下来,随着声音的来处,爬入石下一个洞里。但是里面一点东西也没有。她很疲乏,不能再爬出来,就在洞里睡了一夜。

第二天早晨,她醒时,心神还是非常恍惚。她坐在石上,耳边还留着昨晚上的儿啼声。这当然更要动她的心,所以那方从霭云被里钻出来的朝阳无力把她脸上和鼻端的珠露晒干了。她在瞻顾中,才看出对面山岩上坐着一个穿着虎纹衣服的孩子。可是她看错了!那边坐着的,是一只虎子;它的声音从那边送来很像儿啼。她立即离开所坐的地方,不管当中所隔的谷有多么深,尽管攀缘着,向那边去。不幸早露未干,所依附的都很湿滑,一失手,就把她溜到谷底。

她昏了许久才醒回来。小伤总免不了,却还能够走动。她爬着,看见身边暴露了一副小骷髅。

"我的儿,你方才不是还在山上哭着么?怎么你母亲来得迟一点,你就变成这样?"她把骷髅抱住,说,"呀,我的苦命儿,我怎能把你医治呢?"悲苦尽管悲苦,然而,自她丢了孩子以后,不能不算这是她第一次的安慰。

从早晨直到黄昏,她就坐在那里,不但不觉得饿,连水也没喝过。零星几点,已悬在天空,那天就在她的安慰中过去了。

她忽然想起幼年时代,人家告诉她的神话,就立起来说:"我的儿,我抱你上山顶,先为你摘两颗星星下来,嵌入你的眼眶,教你看得见;然后给你找相像的皮肉来补你的身体。可是你不要再哭,恐怕给人听见,又把你夺过去。"

"敬姑,敬姑。"找她的人们在满山中这样叫了好几声,也没有一点回响。

"也许她被那只老虎吃了。"

"不,不对。前晚那只老虎是跑下来捕云哥圈里的牛犊被打死的。如果那东西把敬姑吃了,绝不再下山来赴死。我们再进深一点找罢。"

唉,他们的工夫白费了!

纵然找着她,若是她还没有把星星抓在手里,她心里怎能平安,怎肯随着他们回来?

儿 女

朱自清

目前所能做的，只是培养他们基本的力量——胸襟与眼光；孩子们还是孩子们，自然说不上高的远的，慢慢从近处小处下手便了。

我现在已是五个儿女的父亲了。想起圣陶喜欢用的"蜗牛背了壳"的比喻，便觉得不自在。新近一位亲戚嘲笑我说："要剥层皮呢！"更有些悚然了。十年前刚结婚的时候，在胡适之先生的《藏晖室札记》里，见过一条，说世界上有许多伟大的人物是不结婚的；文中并引培根的话，"有妻子者，其命定矣"。当时确吃了一惊，仿佛梦醒一般；但是家里已是不由分说给娶了媳妇，又有什么可说？现在是一个媳妇，跟着来了五个孩子；两个肩头上，加上这么重一副担子，真不知怎样走才好。命定是不用说了；从孩子们那一面说，他们该怎样长大，也正是可以忧虑的事。我是个彻头彻尾自私的人，做丈夫已是勉强，做父亲更是不成。自然，"子孙崇拜""儿童本位"的哲理或伦理，我也有些知道；既做着父亲，闭了眼抹杀孩子们的权利，知道是不行的。可惜这只是理论，实际上我是仍旧按照古老的传统,在野蛮地对付着,和普通的父亲一样。近来差不多是中年的人了,才渐渐觉得自己的残酷;想着孩子们受过的体罚和叱责,始终不能辩解——像抚摩着旧创痕那样,我的心酸溜溜的。有一回,读了有岛武郎《与幼小者》的译文,对了那种伟大的,沉挚的态度,我竟流下泪来了。去年父亲来信,问起阿九,那时阿九还在白马湖呢;信上说,"我没有耽误你,你也不要耽误他才好"。我为这句话哭了一场;我为什么不像父亲的仁慈?我不该忘记,父亲怎样待我们来着!人性许真是二元的,我是这样地矛盾;我的心像钟摆似的来去。

你读过鲁迅先生的《幸福的家庭》么?我的便是那一类的"幸福的家庭"!每天午饭和晚饭,就如两次潮水一般。先是孩子们你来他去地在厨房与饭间里查看,一面催我或妻发"开饭"的命令。急促繁碎的脚步,夹着笑和嚷,一阵阵袭来,直到命令发出为止。他们一递一个地跑着喊着,将命令传给厨房里佣人;便立刻抢着回来搬凳子。于是这个说,"我坐这儿!"那个说,"大哥不让我!"大哥却说,"小妹打我!"我给他们调解,说好话。但是他们有时候很固执,我有时候也不耐烦,这便用着叱责了;叱责还不行,不由自主地,我的沉重的手掌便到他们身上了。于是哭的哭,坐的坐,局面才算定了。接着可又你要大碗,他要小碗,你说红筷子好,他说黑筷子好;这个要干饭,那个要稀饭,要茶要汤,要鱼要肉,要豆腐,要萝卜;你说他菜多,他说你菜好。妻是照例安慰着他们,但这显然是太迂缓了。我是个暴躁的人,怎么等得及?不用说,用老法子将他们立刻征服了;虽然有哭的,不久也就抹着泪捧起碗了。吃完了,纷纷爬下凳子,桌上是饭粒呀,汤汁呀,骨头呀，渣滓呀，加上纵横的筷子，欹斜的匙子，就如一块花花绿绿的地图模型。吃饭而外，他们的大事便是游戏。游戏时，大的有大主意，小的有小主意，各自坚持不下，于是争执起来；或者大的欺负了小的，或者小的竟欺负了大的，被欺负的哭着嚷着，到我或妻的面前诉苦；我大抵仍旧要用老法子来判断的，但不理的时候也有。最为难的，是争夺玩具的时候：这一个的与那一个的是同样的东西，却偏要那一个的；而那一个便偏不答应。在这种情形之下，不论如何，终于是非哭了不可的。这些事件自然不至于天天全有，但大致总有好些起。我若坐在家里看书或写什么东西，管保一点钟里要分几回心，或站起来一两次的。若是雨天或礼拜日，孩子们在家的多，那么，摊开书竟看不下一行，提起笔也写不出一个字的事，也有过的。我常和妻说："我们家真是成日的千军万马呀！"有时是不但"成日"，连夜里也有兵马在进行着，在有吃乳或生病的孩子的时候！

我结婚那一年，才十九岁。二十一岁，有了阿九；二十三岁，又有了阿菜。那时我正像一匹野马，哪能容忍这些累赘的鞍鞯，辔头，和缰绳？摆脱也知是不行的，但不自觉地时时在摆脱着。现在回想起来，那些日子，真苦了这两个孩子；真是难以宽宥的种种暴行呢！阿九才两岁半的样子，我们住在杭州的学校里。不知怎地，这孩子特别爱哭，又特别怕生人。一不见了母亲，或来了客，就哇哇地哭起来了。学校里住着许多人，我不能让他扰着他们，而客人也总是常有的；我懊恼极了，有一回，特地骗出了妻，关了门，将他按在地下打了一顿。这件事，妻到现在说起来，还觉得有些不忍；她说我的手太辣了，到底还是两岁半的孩子！我近年常想着那时的光景，也觉黯然。阿菜在台州，那是更小了；才过了周岁，还不大会走路。也是为了缠着母亲的缘故吧，我将她紧紧地按在墙角里，直哭喊了三四分钟；因此生了好几天病。妻说，那时真寒心呢！但我的苦痛也是真的。我曾给圣陶写信，说孩子们的折磨，实在无法奈何；有时竟觉着还是自杀的好。这虽是气愤的话，但这样的心情，确也有过的。后来孩子是多起来了，磨折也磨折得久了，少年的锋棱渐渐地钝起来了；加以增长的年岁增长了理性的裁制力，我能够忍耐了——觉得从前真是一个"不成材的父亲"，如我给另一个朋友信里所说。但我的孩子们在幼小时，确比别人的特别不安静，我至今还觉如此。我想这大约还是由于我们抚育不得法；从前只一味地责备孩子，让他们代我们负起责任，却未免是可耻的残酷了！

正面意义的幸福，其实也未尝没有。正如谁所说，小的总是可爱，孩子们的小模样，小心眼儿，确有些教人舍不得的。阿毛现在五个月了，你用手指去拨弄她的下巴，或向她做趣脸，她便会张开没牙的嘴格格地笑，笑得像一朵正开的花。她不愿在屋里待着；待久了，便大声儿嚷。妻常说："姑娘又要出去溜达了。"她说她像鸟儿般，每天总得到外面溜一些时候。闰儿上个月刚过了三岁，笨得很，话还没有学好呢。他只能说三四个字的短语或句子，文法错误，发音模糊，又得费气力说出；我们老是要笑他的。他说"好"字，总变成"小"字；问他"好不好？"他便说"小"，或"不小"。我们常常逗着他说这个字玩儿；他似乎有些觉得，近来偶然也能说出正确的"好"字了——特别在我们故意说成"小"字的时候。他有一只搪瓷碗，是一毛来钱买的；买来时，老妈子教给他:"这是一毛钱。"他便记住"一毛"两个字,管那只碗叫"一毛",有时竟省称为"毛"。这在新来的老妈子,是必需翻译了才懂的。他不好意思,或见着生客时,便咧着嘴痴笑;我们常用了土话,叫他做呆瓜。他是个小胖子,短短的腿,走起路来,蹒跚可笑;若快走或跑,便更"好看"了。他有时学我,将两手叠在背后,一摇一摆的;那是他自己和我们都要乐的。他的大姊便是阿菜,已是七岁多了,在小学校里念着书。在饭桌上,一定得啰啰唆唆地报告些同学或他们父母的事情;气喘喘地说着,不管你爱听不爱听。说完了总问我:"爸爸认识么?""爸爸知道么?"妻常禁止她吃饭时说话,所以她总是问我。她的问题真多:看电影便问电影里的是不是人?是不是真人?怎么不说话?看照相也是一样。不知谁告诉她,兵是要打人的。她回来便问,兵是人么?为什么打人?近来大约听了先生的话,回来又问张作霖的兵是帮谁的?蒋介石的兵是不是帮我们的?诸如此类的问题,每天短不了,常常闹得我不知怎样答才行。她和闰儿在一处玩儿,一大一小,不很合式,老是吵着哭着。但合式的时候也有:譬如这个往床底下躲,那个便钻进去追着;这个钻出来,那个也跟着——从这个床到那个床,只听见笑着,嚷着,喘着,真如妻所说,像小狗似的。现在在京的,便只有这三个孩子;阿九和转儿是去年北来时,让母亲暂时带回扬州去了。

阿九是欢喜书的孩子。他爱看《水浒》《西游记》《三侠五义》《小朋友》等;没有事便捧着书坐着或躺着看。只不欢喜《红楼梦》,说是没有味儿。是的,《红楼梦》的味儿,一个十岁的孩子,哪里能领略呢?去年我们事实上只能带两个孩子来;因为他大些,而转儿是一直跟着祖母的,便在上海将他俩丢下。我清清楚楚记得那分别的一个早上。我领着阿九从二洋泾桥的旅馆出来,送他到母亲和转儿住着的亲戚家去。妻嘱咐说:"买点吃的给他们吧。"我们走过四马路,到一家茶食铺里。阿九说要熏鱼,我给买了;又买了饼干,是给转儿的。便乘电车到海宁路。下车时,看着他的害怕与累赘,很觉恻然。到亲戚家,因为就要回旅馆收拾上船,只说了一两句话便出来;转儿望望我,没说什么,阿九是和祖母说什么去了。我回头看了他们一眼,硬着头皮走了。后来妻告诉我,阿九背地里向她说:"我知道爸爸欢喜小妹,不带我上北京去。"其实这是冤枉的。他又曾和我们说:"暑假时一定来接我啊!"我们当时答应着;但现在已是第二个暑假了,他们还在迢迢的扬州待着。他们是恨着我们呢?还是惦着我们呢?妻是一年来老放不下这两个,常常独自暗中流泪;但我有什么法子呢!想到"只为家贫成聚散"一句无名的诗,不禁有些凄然。转儿与我较生疏些。但去年离开白马湖时,她也曾用了生硬的扬州话(那时她还没有到过扬州呢),和那特别尖的小嗓子向着我:"我要到北京去。"她晓得什么北京,只跟着大孩子们说罢了;但当时听着,现在想着的我,却真是抱歉呢。这兄妹俩离开我,原是常事,离开母亲,虽也有过一回,这回可是太长了;小小的心儿,知道是怎样忍耐那寂寞来着!

我的朋友大概都是爱孩子的。少谷有一回写信责备我,说儿女的吵闹,也是很有趣的,何至可厌到如我所说;他说他真不解。子恺为他家华瞻写的文章,真是"蔼然仁者之言"。圣陶也常常为孩子操心：小学毕业了，到什么中学好呢？——这样的话，他和我说过两三回了。我对他们只有惭愧！可是近来我也渐渐觉着自己的责任。我想，第一该将孩子们团聚起来，其次便该给他们些力量。我亲眼见过一个爱儿女的人，因为不曾好好地教育他们，便将他们荒废了。他并不是溺爱，只是没有耐心去料理他们，他们便不能成材了。我想我若照现在这样下去，孩子们也便危险了。我得计划着，让他们渐渐知道怎样去做人才行。但是要不要他们像我自己呢？这一层，我在白马湖教初中学生时，也曾从师生的立场上问过丐尊，他毫不踌躇地说："自然啰。"近来与平伯谈起教子，他却答得妙："总不希望比自己坏啰。"是的，只要不比自己坏就行，"像"不"像"倒是不在乎的。职业，人生观等，还是由他们自己去定的好；自己顶可贵，只要指导、帮助他们去发展自己，便是极贤明的办法。

予同说："我们得让子女在大学毕了业，才算尽了责任。"SK说："不然，要看我们的经济，他们的材质与志愿；若是中学毕了业，不能或不愿升学，便去做别的事，譬如做工人吧，那也并非不行的。"自然，人的好坏与成败，也不尽靠学校教育；说是非大学毕业不可，也许只是我们的偏见。在这件事上，我现在毫不能有一定的主意；特别是这个变动不居的时代，知道将来怎样？好在孩子们还小，将来的事且等将来吧。目前所能做的，只是培养他们基本的力量——胸襟与眼光；孩子们还是孩子们，自然说不上高的远的，慢慢从近处小处下手便了。这自然也只能先按照我自己的样子："神而明之，存乎其人。"光辉也罢，倒楣也罢，平凡也罢，让他们各尽各的力去。我只希望如我所想的,从此好好地做一回父亲,便自称心满意。——想到那"狂人""救救孩子"的呼声,我怎敢不悚然自勉呢?

玻璃匠和他的儿子

梁晓声

那一天,是我当父亲以来第一次知道心疼孩子。以前呢,我的心都被穷日子累糙了,顾不上关怀自己的孩子们了……

二十世纪八十年代以前,城市里总能见到这样一类游走匠人——他们背着一个简陋的木架街行巷现,架子上分格装着尺寸不等、厚薄不同的玻璃。他们一边走一边招徕生意:"镶——窗户!镶——镜框!镶——相框!"

他们被叫作玻璃匠。

有时,人们甚至直接这么叫他们:"哎,镶玻璃的!"

他们一旦被叫住,就有点儿钱可挣了。或一角,或几角。

总之,除了成本,也就是一块玻璃的原价,他们一次所挣的钱,绝不会超过几角钱。一次能挣五角钱的活,那就是大活了。他们一个月遇不上几次大活的。一年四季,他们风里来雨里去,冒酷暑,顶严寒,为的是一家人的生活。他们大抵是些由于这样或那样的原因而被拒在体制以外的人。

我的一位朋友的父亲，便是那年代的一名玻璃匠，他的父亲有一把德国造的玻璃刀。那把玻璃刀上的钻石，比许多玻璃刀上的钻石都大，约半个芝麻粒儿那么大。它对于他的父亲和他一家，意味着什么不必细说。

有次我这位朋友在我家里望着我父亲的遗像，聊起了自己曾是玻璃匠的父亲，聊起了他父亲那一把视如宝物的玻璃刀。我听他娓娓道来，心中感慨万千！

他说他父亲一向身体不好，脾气也不好。他十岁那一年，他母亲去世了，从此他父亲的脾气就更不好了。而他是长子，下面有一个弟弟一个妹妹。父亲一发脾气，他就首先成了出气筒。年纪小小的他，和父亲的关系越来越紧张，也越来越冷漠。

有一年夏季，他父亲回老家办理他祖父的丧事。父亲临走，指着一个小木匣严厉地说："谁也不许动那里边的东西！"——他知道父亲的话主要是说给他听的。同时猜到，父亲的玻璃刀放在那个小木匣里。但他也毕竟是个孩子啊。别的孩子感兴趣的东西，他也免不了会产生好奇心呀！于是父亲走后的第二天他打开了那小木匣，父亲的玻璃刀果然在里面。但他只是将玻璃刀从双层的绒布套子里抽出来欣赏一番，比画几下而已。他以为他的好奇心会就此满足，却没有。

第二天他又将玻璃刀拿在手中，好奇心更大了，找到块碎玻璃试着在上边划了一下，一掰，碎玻璃分为两半。他就觉得更好玩了。然而最后一次，那把玻璃刀没能从玻璃上划出纹来，仔细一看，刀头上的钻石不见了！

他这一惊非同小可，心里毛了，手也被玻璃割破了，他怎么也没想到，使用不得法，刀头上那粒小之又小的钻石，是会被弄掉的。他当时可以说是吓傻了……

由于恐惧，那一天夜里，他想出了一个卑劣的办法——第二天他向同学借了一把小镊子，将一小块碎玻璃在石块上仔仔细细捣得粉碎，夹起半个芝麻粒儿那么小的一个玻璃碴儿，用胶水粘在玻璃刀的刀头上了。那一年是一九七二年，他十四岁……

三十余年后，在我家里，想到他的父亲时，他一边回忆一边对我说："当年，我并不觉得我的办法卑劣。甚至，还觉得挺高明。我希望父亲发现玻璃刀上的钻石粒儿掉了时，以为是他自己使用不慎弄掉的。那么小的东西，一旦掉了，满地哪儿去找呢？既找不到，哪怕怀疑是我搞坏的，也没有什么根据，只能是怀疑啊！"

翌日，父亲一早背着玻璃箱出门挣钱去。才一个多小时后就回来了，脸上阴云密布。他和他的弟弟妹妹吓得大气儿都不敢出一口。然而父亲并没问玻璃刀的事，只不过仰躺在床，闷声不响地接连吸烟。

下午，父亲将他和弟弟妹妹叫到跟前，依然阴沉着脸但却语调平静地说："镶玻璃这种营生是越来越不好干了。哪儿哪儿都停产，连玻璃厂都不生产玻璃了。玻璃匠买不到玻璃，给人家镶什么呢？我要把那玻璃箱连同剩下的几块玻璃都卖了。我以后不做玻璃匠了，我得另找一种活儿挣钱养活你们……"他的父亲说完，真的背起玻璃箱出门卖去了……

以后，他的父亲就不再是一个靠手艺挣钱的男人了，而是一个靠力气挣钱养活自己儿女的男人了。

而且，他父亲的暴脾气，不知为什么竟一天天变好了，不管在外边受了多大委屈和欺辱,回到家里再也没冲他和弟弟妹妹宣泄过。这一点一直是他和弟弟妹妹们心中的一个谜。

到了我的朋友三十四岁那一年,他的父亲因积劳成疾,才六十多岁就患了绝症。那时,他们父子的感情已变得非常深厚了。一天,趁父亲精神还可以,儿子终于向父亲承认,二十几年前,父亲那一把宝贵的玻璃刀是自己弄坏的,也坦白了自己当时那一种卑劣的想法。

不料他父亲说:"当年我就断定是你小子弄坏的!"

儿子惊讶了:"为什么?难道你从地上找到了……那么小那么小的东西啊,怎么可能呢?"

他的老父亲微微一笑,语调幽默地说:"你以为你那种法子高明啊?你以为你爸就那么容易骗呀?你又哪里会知道,我每次给人家割玻璃时,总是习惯用大拇指抹抹刀头。那天,我一抹,你粘在刀头上的玻璃碴子扎进我大拇指肚里去了。我只得把揣进自己兜里的五角钱又掏出来退给人家了。我当时那种难堪的样子就别提了,那么些大人孩子围着我看呢!儿子你就不想想,你那么做,不是等于成心当众出你爸的洋相吗?"

儿子愣了愣,低声又问:"那你,当年怎么没暴打我一顿?"

他那老父亲注视着他,目光一时变得极为温柔,语调缓慢地说:"当年,我是那么想来着。恨不得几步就走回家里,见着你,掀翻就打。可走着走着,似乎有谁在我耳边对我说,你这个当爸的男人啊,你怪谁呢?你的儿子弄坏了你的东西不敢对你说,还不是因为你平日对他太凶吗?你如果平日使他感到你是最可亲可爱的一个人,他至于那么做吗?一个十四岁的孩子,那么做是容易的吗?

换成大人也不容易啊!不信你回家试试,看你自己把玻璃捣得那么碎,再把那么小那么小的玻璃碴粘在金属上容易不容易。你儿子的做法,是怕你怕的呀!……我走着走着,就流泪了。那一天,是我当父亲以来第一次知道心疼孩子。以前呢,我的心都被穷日子累糙了,顾不上关怀自己的孩子们了……"

"那,爸你也不是因为镶玻璃的活儿不好干了才……"

"唉,儿子你这话问的!这还用问吗?"

我的朋友,一个三十四岁的儿子,伏在他老父亲身上,无声地哭了。

几天后,那父亲在两个儿子一个女儿的守护之下,安详而逝。

朋友对我讲述完了,我和他不约而同地吸起烟来,长久无话。

我的母亲

邹韬奋

我眼巴巴地望着她额上的汗珠往下流,手上一针不停地做着布鞋——做给我穿的。这时万籁俱寂,只听到嘀嗒的钟声,和可以微闻得到的母亲的呼吸。

说起我的母亲，我只知道她是"浙江海宁查氏"，至今不知道她有什么名字！这件小事也可表示今昔时代的不同。现在的女子未出嫁的固然很"勇敢"地公开着她的名字，就是出嫁了的，也一样地公开着她的名字。不久以前，出嫁后的女子还大多数要在自己的姓上面加上丈夫的姓；通常人们的姓名只有三个字，嫁后女子的姓名往往有四个字。在我年幼的时候，知道担任商务印书馆出版的《妇女杂志》笔政的朱胡彬夏，在当时算是有革命性的"前进的"女子了，她反抗了家里替她订的旧式婚姻，以致她的顽固的叔父宣言要用手枪打死她，但是她却仍在"胡"字上面加着一个"朱"字！近来的女子就有很多在嫁后仍只由自己的姓名，不加不减。这意义表示女子渐渐地有着她们自己的独立的地位，不是属于任何人所有的了。但是在我的母亲的时代，不但不能学"朱胡彬夏"的用法，简直根本就好像没有名字！我说"好像"，因为那时的女子也未尝没有名字，但在实际上似乎就用不着。像我的母亲，我听见她的娘家的人们叫她做"十六小姐"，男家大家族里的人们叫她做"十四少奶"，后来我的父亲做官，人们便叫做"太太"，始终没有用她自己名字的机会！我觉得这种情形也可以暗示妇女在封建社会里所处的地位。

我的母亲在我十三岁的时候就去世了。我生的那一年是在九月里生的，她死的那一年是在五月里死的，所以我们母子两人在实际上相聚的时候只有十一年零九个月。我在这篇文里对于母亲的零星追忆，只是这十一年里的前尘影事。

我现在所能记得的最初对于母亲的印象，大约在两三岁的时候。我记得有一天夜里，我独自一人睡在床上，由梦里醒来，朦胧中睁开眼睛，模糊中看见由垂着的帐门射进来的微微的灯光。在这微微的灯光里瞥见一个青年妇人拉开帐门，微笑着把我抱起来。她嘴里叫我什么，并对我说了什么，现在都记不清了，只记得她把我负在她的背上，跑到一个灯光灿烂人影幢幢往来的大客厅里，走来走去"巡阅"着。大概是元宵吧，这大客厅里除有不少成人谈笑之外，有二三十个孩童提着各色各样的纸灯，里面燃着蜡烛，三五成群地跑着玩。我此时伏在母亲的背上，半醒半睡似的微张着眼看这个，望那个。那时我的父亲还在和祖父同住，过着"少爷"的生活；父亲有十来个弟兄，有好几个都结了婚，所以这大家族里看着这么多的孩子。母亲也做了这大家族里的一分子。她十五岁就出嫁，十六岁那年养我，这个时候才十七八岁。我由现在追想当时伏在她的背上睡眼惺忪所见着的她的容态，还感觉到她的活泼的欢悦的柔和的青春的美。我生平所见过的女子，我的母亲是最美的一个,就是当时伏在母亲背上的我,也能觉到在那个大客厅里许多妇女里面,没有一个及得到母亲的可爱。我现在想来,大概在我睡在房里的时候,母亲看见许多孩子玩灯热闹,便想起了我,也许蹑手蹑脚到我床前看了好几次,见我醒了,便负我出去一饱眼福。这是我对母亲最初的感觉,虽则在当时的幼稚脑袋里当然不知道什么叫做母爱。

后来祖父年老告退,父亲自己带着家眷在福州做候补官。我当时大概有了五六岁,比我小两岁的二弟已生了。家里除父亲母亲和这个小弟弟外,只有母亲由娘家带来的一个青年女仆,名叫妹仔。"做官"似乎怪好听,但是当时父亲赤手空拳出来做官,家里一贫如洗。我还记得,父亲一天到晚不在家里,大概是到"官场"里"应酬"去了,家里没有米下锅;妹仔替我们到附近施米给穷人的一个大庙里去领"仓米",要先在庙前人山人海里面拥挤着领到竹签,然后拿着竹签再从挤得水泄不通的人群中,带着粗布袋挤到里面去领米。母亲在家里横抱着哭涕着的二弟踱来踱去,我在旁坐在一只小椅上呆呆地望着母亲,当时不知道这就是穷的景象,只诧异着母亲的脸何以那样苍白,她那样静寂无语地好像有着满腔无处诉的心事。妹仔和母亲非常亲热,她们竟好像母女,共患难,直到母亲病得将死的时候,她还是不肯离开她,把孝女自居,寝食俱废地照顾着母亲。

母亲喜欢看小说,那些旧小说,她常常把所看的内容讲给妹仔听。她讲得娓娓动听,妹仔听着忽而笑容满面,忽而愁眉双锁。章回的长篇小说一下讲不完,妹仔就很不耐烦地等着母亲再看下去,看后再讲给她听。往往讲到孤女患难,或义妇含冤的凄惨的情形,她两人便都热泪盈眶,泪珠尽往颊上涌流着。那时的我立在旁边瞧着,莫名其妙,心里不明白她们为什么那样无缘无故地挥泪痛哭一顿。现在想来,才感觉到母亲的情感的丰富,并觉得她讲的故事能那样地感动着妹仔。如果母亲生在现在,有机会把自己造成一个教员,必可成为一个循循善诱的良师。

我六岁的时候,由父亲自己为我"发蒙",读的是《三字经》,第一天上的课是"人之初,性本善;性相近,习相远"。一点儿莫名其妙!一个人坐在一个小客厅的炕床上"朗诵"了半天,苦不堪言!母亲觉得非请一位"西席"(注:旧时家塾教师或幕友的代称)老夫子,总教不好,所以家里虽一贫如洗,情愿节衣缩食,把省下的钱请一位老夫子。说来可笑,第一个请来的这位老夫子,每月束脩(注:旧时送给老师的酬金)只须四块大洋(当然供膳宿),虽则这四块大洋,在母亲已是一件很费筹措的事情。我到十岁的时候,读的是"孟子见梁惠王",教师的每月束脩已加到十二元,算增加了三倍。到年底的时候,父亲要"清算"我平日的功课,在夜里亲自听我背书,很严厉,桌上放着一根两指阔的竹板。我的背向着他立着背书,背不出的时候,他提一个字,就叫我回转身来把手掌展放在桌上,他拿起这根竹板很重地打下来。我吃了这一下苦头,痛是血肉的身体所无法避免的感觉,当然失声地哭了,但是还要忍住哭,回过身去再背。不幸又一处中断,背不下去,经他再提一字,再打一下。呜呜咽咽地背着那位前世冤家的"见梁惠王"的"孟子"!我自己呜咽着背,同时听得见坐在旁边缝纫着的母亲也唏唏嘘嘘地泪如泉涌地哭着。我心里知道她见我被打,她也觉得好像刺心的痛苦,对我表着十二分的同情,但她却时时从呜咽着的断断续续的声音里勉强说着"打得好"！她的饮泣吞声，为的是爱她的儿子；勉强硬着头皮说声"打得好"，为的是希望她的儿子上进。由现在看来，这样的教育方法真是野蛮之至！但是我不敢怪我的母亲，因为那个时候就只有这样野蛮的教育法；如今想起母亲见我被打，陪着我一同哭，那样的母爱，仍然使我感念着我的慈爱的母亲。背完了半本"梁惠王"，右手掌打得发肿有半寸高，偷向灯光中一照，通亮，好像满肚子装着已成熟的丝的蚕身一样。母亲含着泪抱我上床，轻轻把被窝盖上，向我额上吻了几吻。

当我八岁的时候，二弟六岁，还有一个妹妹三岁。三个人的衣服鞋袜，没有一件不是母亲自己做的。她还时常收到一些外面的女红（注：旧时指女子所做的针线、纺织、刺绣、缝纫等工作）来做，所以很忙。我在七八岁时，看见母亲那样辛苦，心里已知道感觉不安。记得有一个夏天的深夜，我忽然从睡梦中醒了起来，因为我的床背就紧接着母亲的床背，所以从帐里望得见母亲独自一人在灯下做鞋底，我心里又想起母亲的劳苦，辗转反侧睡不着，很想起来陪陪母亲。但是小孩子深夜不好好地睡，是要受到大人的责备的，就说是要起来陪陪母亲，一定也要被申斥几句，万不会被准许的（这至少是当时我的心理），于是想出一个借口来试试看，便叫声母亲，说太热睡不着，要起来坐一会儿。出乎我意料的，母亲居然许我起来坐在她的身边。我眼巴巴地望着她额上的汗珠往下流，手上一针不停地做着布鞋——做给我穿的。这时万籁俱寂，只听到嘀嗒的钟声，和可以微闻得到的母亲的呼吸。我心里暗自想念着，为着我要穿鞋，累母亲深夜工作不休，心上感到说不出的歉疚，又感到坐着陪陪母亲，似乎可以减轻些心里的不安成分。当时一肚子里充满着这些心事,却不敢对母亲说出一句。才坐了一会儿,又被母亲赶上床去睡觉,她说小孩子不好好地睡,起来干什么!现在我的母亲不在了,她始终不知道她这个小儿子心里有过这样的一段不敢说出的心理状态。

母亲死的时候才二十九岁,留下了三男三女。在临终的那一夜,她神志非常清楚,忍泪叫着一个一个子女嘱咐一番。她临去最舍不得的就是她这一群的子女。

我的母亲只是一个平凡的母亲,但是我觉得她的可爱的性格,她的努力的精神,她的能干的才具,都埋没在封建社会的一个家族里,都葬送在没有什么意义的事务上,否则她一定可以成为社会上一个更有贡献的分子。我也觉得,像我的母亲这样被埋没葬送掉的女子不知有多少!

永久的憧憬和追求

/ 萧红

"长大"是"长大"了,而没有"好"。

可是从祖父那里,知道了人生除掉了冰冷和憎恶而外,还有温暖和爱。

所以我就向这"温暖"和"爱"的方面,怀着永久的憧憬和追求。

一九一一年,在一个小县城里边,我生在一个小地主的家里。那县城差不多就是中国的最东最北部——黑龙江省——所以一年之中,倒有四个月飘着白雪。

父亲常常为着贪婪而失掉了人性。他对待仆人,对待自己的儿女,以及对待我的祖父都是同样的吝啬而疏远,甚至于无情。

有一次,为着房屋租金的事情,父亲把房客的全套的马车赶了过来。房客的家属们哭着诉说着,向我的祖父跪了下来,于是祖父把两匹棕色的马从车上解下来还了回去。

为着两匹马,父亲向祖父起着终夜的争吵。"两匹马,咱们是算不了什么的,穷人,这两匹马就是命根。"祖父这样说着,而父亲还是争吵。

九岁时,母亲死去。父亲也就更变了样,偶然打碎了一只杯子,他就要骂到使人发抖的程度。后来就连父亲的眼睛也转了弯,每从他的身边经过,我就像自己的身上生了针刺一样;他斜视着你,他那高傲的眼光从鼻梁经过嘴角而后往下流着。

所以每每在大雪中的黄昏里,围着暖炉,围着祖父,听着祖父读着诗篇,看着祖父读着诗篇时微红的嘴唇。

父亲打了我的时候,我就在祖父的房里,一直面向着窗子,从黄昏到深夜——窗外的白雪,好像白棉一样飘着;而暖炉上水壶的盖子,则像伴奏的乐器似的振动着。

祖父时时把多纹的两手放在我的肩上,而后又放在我的头上,我的耳边便响着这样的声音:

"快快长吧!长大就好了。"

二十岁那年,我就逃出了父亲的家庭。直到现在还是过着流浪的生活。

"长大"是"长大"了,而没有"好"。

可是从祖父那里,知道了人生除掉了冰冷和憎恶而外,还有温暖和爱。

所以我就向这"温暖"和"爱"的方面,怀着永久的憧憬和追求。

清 明

鲁彦

船又开着走了。母亲还站在那里望着,一直到船转了弯。

晨光还没有从窗眼里爬进来，我已经钻出被窝坐着，推着熟睡的母亲："迟啦，妈，锣声响啦！"

母亲便突然从梦中坐起，揉着睡眼，静默地倾听着。

"没有的！天还没亮呢！"

"好像敲过去啦。"

于是母亲也就不再睡觉，急忙推开窗子，点着灯，煮早饭了。

"嘉溪上坟去啰！……噇噇……五公祀上坟去啰！……"待母亲将饭煮熟，第一次的锣声才真的响了，一路有人叫喊着，从桥头绕向东芭弄。

我打开门，在清白的晨光中，奔跑到埠头边：河边静悄悄的，不见一个人，船还没有来。

正吃早饭，第二次的锣声又响了，敲锣的人依然大声地喊着："嘉溪上坟去啰！……噇噌……五公祀上坟去啰！……"

我匆忙地吃了半碗，便推开碗筷，又跑了出去。这时河边显得忙碌了。三只大船已经靠在埠头，几个大人正在船中戽水，铺竹垫，摆椅凳。岸上围观着许多大人和小孩，含着紧张的神情。我呆木地站着，心在辘辘地跳动。

"慌什么呀！饭没有吃饱，怎么上山呀？快些回去，再吃一碗！"母亲从后面追上来了。

"老早吃饱啦！"

"半碗，怎么就饱啦！起码也得吃两碗！回去，回去！"

"吃饱啦就吃饱啦！谁骗你！"我不耐烦地说。

于是母亲喃喃地说着走回家里去了。

埠头边的人愈聚愈多，一部分人看热闹，一部分人是去参加上祖先的坟的。有些人挑羹饭，有些人提纸钱，有些人探问何时出发。喧闹忙乱，仿佛平静的河水搅起了波浪。我静默地等着，心中却像河水似的荡漾着。

"加一件背心吧，冷了会生病的呀！"

我转过头去，母亲又来了，她已经给我拿了一件背心来。

"走起来热煞啦，还要加背心做什么？拿回去吧！"我摇着头，回答说。

"老是不听话！"母亲喃喃地埋怨着，用力把我扯了过去，亲自给我穿上，扣好了扣子。

这时第三次的锣声响了。

"嘉溪上坟去啰！……噌噌……五公祀上坟去啰！……船要开啦……船要开啦……"

岸上的人纷纷走到船上,我也就跳上了船头。

"什么要紧呀!"母亲又叫着说了,"船头坐不得的!……船舱里去!……听见吗?"

我只得跳到船头与船舱的中间,坐在插纤竿的旁边。

但是母亲仍不放心,她又在叫喊了:"坐到船底上去,再进去一点!那里会给纤竿打下河去的呀!"

"不会的!愁什么!"我不快活地瞪着眼睛说。

"真不听话!……阿成叔,烦你照顾照顾这孩子吧!"她对着坐在我身边的阿成叔说。

"那自然,你放心好啦!你回去吧!"

但是母亲仍不放心,站在河边要等着船开走。

这时三只大船里都已坐满了人,放满了东西。还不时有人上下,船在微微地左右倾侧着。

"天会落雨呢!"

"不会的!"

"我已带了雨伞。"

"我连木屐也带上了。"

船上忽然有些人这样说了起来。我抬头望着天上,天色略带一点阴沉,云在空中缓慢地移动着,远远的东边映照着山后的阳光。

"开船啦!开船啦!……喤喤……"这是最后一次的锣声了,敲锣的接着走上我们这只最后开的船,摇船的开始解缆了。

我往岸上望去,母亲已经不在岸上,不知什么时候走的。我喜欢坐在船头上,这时便又扶着船边,从人丛中向前挤了两三步。

"不要动!不要动!会掉下水里去!"阿成叔叫着,但他已经迟了。

"好吧,好吧!以后可再不要动啦!"摇船的把船撑开岸,叫着说。

"你这孩子好大胆!……再不要动啦!"我身边一个祖公辈的责备似的说了,"你看,你妈又来了哪!"

我把眼光转到岸上,母亲果然又来了。她左手挟着一柄纸伞,摇着右手,叫着摇船的人,慌急地移动着脚步。一颠一簸,好像立刻要栽倒似的追扑了过来。

"船慢点开!……阿连叔!……还有一把伞给小孩!……"

但这时船已驶到河的中心,在岸上拉纤的已经弯着背跑着,船已呃呃呃地破浪前进了。

"算啦!算啦!不会下雨的!"摇船的阿连叔一面用力扳着橹,一面大声地回答着。

母亲着慌了,她愈加急促地沿着船行的方向奔跑起来,一路摇着手,叫着:"要落雨的呀!……拉纤的是谁!……慢点走哪!"

我在船上望见她跟跄得快跌倒了,着了急,忽然站了起来,用力踢着船沿。船突然倾侧几下,满船的人慌了,这才大家齐声地大喊,阻住了拉纤的人。

"交给我吧,到了桥边会递给他的。"一个拉纤的跑回来,向母亲接了伞,显出不快活的神情。

这时母亲已跑到和船相并的地方站住了。我看见她一脸通红,额上像滴着汗珠,喘着气。

"真是多事,哪里会落雨!落了雨又有什么要紧!"我暗暗地埋怨着,又大声叫着说:"回去吧,妈!"

"好回去啦！好回去啦！"船上的人也叫着，都显出不很高兴的神情。

船又开着走了。母亲还站在那里望着，一直到船转了弯。

两岸的绿草渐渐多了起来，岸上的屋子渐渐少了。河水平静而且碧绿，只在船头下咽咽地响着，在船的两边翻起了轻快的分水波浪。船朝着拉纤的方向倾侧着。一根直的竹做的纤竿这时已成了弓形，不时发出格格的声音，顶上拴着的纤绳时时颤动着，一松一紧地拖住了岸上三个将要前仆的人的背，摇橹的人侧着橹推着扳着，船尾发出噼啪的声音，有些地方大树挡住了纤路，或者船在十字河口须转方向，拉纤的人便收了纤绳，跳到船上，摇橹的人开始用船尾的大橹拨动着水，船像摇篮似的左右荡漾着慢慢前进。

一湾又一湾，一村又一村，嘉溪山渐渐近了，最先走过狮子似的山外的小山，随后从山峡中驶了进去。这里的河面反而特别宽了，水流急了起来，浅滩中露着一堆堆的沙石。我们的船一直驶到河道的尽头，船头冲上了沙滩，现在船上的人全上岸了。我和几个十几岁的同伴早已在船上脱了鞋袜，卷起了裤脚，不走山路，却从沁人的清凉的溪水里走向山上去，一面叫着跳着，像是笼里逃出来的小鸟。

祖先的故墓是在山麓的上部，那里生满了松树和柏树。我们几个孩子先在树林中跑了几个圈子，听见爆竹和锣声，才在坟前拜了一拜，拿了一只竹签，好带回家里去换点心。随后跑向松树林中，爬了上去采松花，装满了衣袋，兜满了前襟，听见爆竹和锣声又一直奔下山坡，到庄家那里去吃午饭，这时肚子特别饿了，跑到庄前就远远地闻到了午饭的香气。我平常最爱吃的是毛笋烤咸菜，这时桌上最多的正是这一样菜,便站在长桌旁,挤在大人们的身边,开始吃了起来,饭虽然粗硬,菜虽然冷,却觉得特别的有味,一连吃了三大碗粗饭。筷子一丢,又往附近去跑了。隆重的热闹的扫墓典礼,我只到坟边学样地拜了一拜,我的目的却在游玩。但也并不知道游玩,只觉得自由快乐,到处乱跑着。

回家的锣声又响时,果然落雨了。它像雾一样,细细地袭了过来。我挟着雨伞,并不使用,披着一身细雨,踏着溪流,欢乐地回到了泊船的河滩上。

清明节就是这样地完了。它在我是一个最欢乐的季节。

婴 儿

/ 徐志摩

  这苦痛不是无因的,因为她知道她的胎宫里孕育着一点比她自己更伟大的生命的种子,包涵着一个比一切更永久的婴儿。

我们要盼望一个伟大的事实出现，我们要守候一个馨香的婴儿出世——你看他那母亲在她生产的床上受罪！

她那少妇的安详，柔和，端丽，现在在剧烈的阵痛里变形成不可信的丑恶：你看她那遍体的筋络都在她薄嫩的皮肤底里暴涨着，可怕的青色与紫色，像受惊的水青蛇在田沟里急泅似的，汗珠站在她的前额上像一颗颗的黄豆，她的四肢与身体猛烈的抽搐着，畸屈着，奋挺着，纠旋着，仿佛她垫着的席子是用针尖编成的，仿佛她的帐围是用火焰织成的。

一个安详的，镇定的，端庄的，美丽的少妇，现在在阵痛的惨酷里变形成魔鬼似的可怖：她的眼，一时紧紧的阖着，一时巨大的睁着，她那眼，原来像冬夜池潭里反映着的明星，现在吐露着青黄色的凶焰，眼珠像是烧红的炭火，映射出她灵魂最后的奋斗，她的原来朱红色的口唇，现在像是炉底的冷灰，她的口颤着，撅着，扭着，死神的热烈的亲吻不容许她一息的平安，她的发是散披着，横在口边，漫在胸前，像揪乱的麻丝，她的手指间紧抓着几穗拧下来的乱发；这母亲在她生产的床上受罪。

但她还不曾绝望，她的生命挣扎着血与肉与骨与肢体的纤微，在危崖的边沿上，抵抗着，搏斗着，死神的逼迫；她还不曾放手，因为她知道（她的灵魂知道！）这苦痛不是无因的，因为她知道她的胎宫里孕育着一点比她自己更伟大的生命的种子，包涵着一个比一切更永久的婴儿；因为她知道这苦痛是婴儿要求出世的征候，是种子在泥土里爆裂成美丽的生命的消息，是她完成她自己生命的使命的时机；因为她知道这忍耐是有结果的，在她剧痛的昏瞀中她仿佛听着上帝准许人间祈祷的声音，她仿佛听着天使们赞美未来的光明的声音。

因此她忍耐着，抵抗着，奋斗着……她抵拼绷断她统体的纤微，她要赎出在她那胎宫里动荡着的生命，在她一个完全，美丽的婴儿出世的盼望中，最锐利，最沉酣的痛感逼成了最锐利，最沉酣的快感……

恐 怖

石评梅

跪在洞穴前祷告上帝：愿以我青春火焰，燃烧父亲残弱的光辉！千万不要接引我的慈爱父亲来到这里呵！

父亲的生命是秋深了。如一片黄叶系在树梢。十年，五年，三年以后，明天或许就在今晚都说不定。因之，无论大家怎样欢欣团聚的时候，一种可怕的暗影，或悄悄飞到我们眼前。就是父亲在欢喜时，也会忽然地感叹起来！尤其是我，脆弱的神经，有时想得很久远很恐怖。父亲在我家里是和平之神。假如他有一天离开人间，那我和母亲就沉沦在更深的苦痛中了。维持我今日家庭的绳索是父亲，绳索断了，那自然是一个莫测高深的陨坠了。

逆料多少年大家庭中压伏的积怨，总会爆发的。这爆发后毁灭一切的火星落下时，怕懦弱的母亲是不能逃免！我爱护她，自然受同样的创缚，处同样的命运是毋庸疑议了。那时人们一切的矫饰虚伪，都会褪落的；心底的刺也许就变成弦上的箭了。

多少隐恨说不出在心头。每年归来，深夜人

静后,母亲在我枕畔偷偷流泪!我无力挽回她过去铸错的命运,只有精神上同受这无期的刑罚。有时我虽离开母亲,凄冷风雨之夜,灯残梦醒之时,耳中犹仿佛听见枕畔有母亲滴泪的声音。不过我还很欣慰父亲的健在,一切都能给她作防御的盾牌。

谈到父亲,七十多年的岁月,也是和我一样颠沛流离,忧患丛生,痛苦过于幸福。每次和我们谈到他少年事,总是残泪沾襟,不忍重提。这是我的罪戾呵!不能用自己软弱的双手,替父亲抚摸去这苦痛的瘢痕。

我自然是萍踪浪迹,不易归来;但有时交通阻碍也从中作梗。这次回来后,父亲很想趁我在面前,预嘱他死后的诸事,不过每次都是泪眼模糊,断续不能尽其辞。有一次提到他墓穴的建修,愿意让我陪他去看看工程,我低头咽着泪答应了。

那天夜里,母亲派人将父亲的轿子预备好,我和曾任监工的族叔蔚文同着去,打算骑了姑母家的驴子。

翌晨十点钟出发:母亲和芬嫂都嘱咐我好好招呼着父亲,怕他见了自己的坟穴难过;我也不知该怎样安慰防备着,只觉心中感到万分惨痛。一路很艰险,经过都是些崎岖山径;同样是青青山色,潺潺流水,但每人心中都压抑着一种凄怆,虽然是旭日如烘,万象鲜明,而我只觉前途是笼罩一层神秘恐怖黑幕,这黑幕便是旅途的终点,父亲是一步一步走近这伟大无涯的黑幕了。

在一个高垩如削的山峰前停住,父亲的轿子落在平地。我慌忙下了驴子向前扶着,觉他身体有点颤抖,步履也很软弱,我让他坐在崖石上休息一会。这真是一个风景幽美的地方,后面是连亘不断的峰峦,前面是青翠一片的麦田;山峰下隐约林中有炊烟,有鸡唱犬吠的声音。父亲指着说："那一带村庄是红叶沟，我的祖父隐居在这高塔的庙里，那庙叫华严寺。有一股温泉，流汇到这庙后的崖下。土人传说这泉水可以治眼病呢！我小时候随着祖父，在这里读书；已经有三十多年不来了，人事过的真快呵！不觉得我也这样老了。"父亲仰头叹息着。

蔚叔领导着进了那摩云参天的松林，苍绿阴森的荫影下，现出无数冢墓，矗立着倒斜着风雨剥蚀的断碣残碑。地上丛生了许多草花。红的黄的紫的夹杂着十分好看。蔚叔回转进一带白杨，我和父亲慢步徐行，阵阵风吹，声声蝉鸣，都显得惨淡空寂，静默如死。

蔚叔站住了，面前堆满了磨新的青石和沙屑，那旁边就是一个深的洞穴，这就是将来掩埋父亲尸体的坟墓。我小心看着父亲，他神色显得异样惨淡，银须白发中，包掩着无限的伤痛。

一阵风吹起父亲的袍角，银须也缓缓飘拂到左襟；白杨树上叶子摩擦的声音，如幽咽泣诉，令人酸哽，这时他颤巍巍扶着我来到墓穴前站定。

父亲很仔细周详地在墓穴四周看了一遍，觉得很如意。蔚叔又和他筹划墓头的式样，他还能掩饰住悲痛说：

"外面的式样坚固些就成啦；不要太讲究了，靡费金钱。只要里面干燥光滑一点，棺木不受伤就可以了。"

回头又向我说：

"这些事情原不必要我自己做，不过你和璜哥，整年都在外面；我老了，无可讳言是快到坟墓去了。在家也无事，不愁穿，不愁吃，有时就愁到我最后的安置。棺木已扎好了，里子也裱漆完了。衣服呢，我不愿意穿前清的遗服或现在的袍褂。我想走的时候穿一身道袍。璜哥已由汉口给我寄来了一套，鞋帽都有，哪天请母亲找出来你看看。我一生廉洁寒苦，不愿浪费，只求我心身安适就成了。都预备好后，省临时麻烦；不然你们如果因事忙因道阻不能回来时，不是要焦急吗？我愿能悄悄地走了，不要给你们灵魂上感到悲伤。生如寄，死如归，本不必认真呵！"

我低头不语，怕他难过，偷偷把泪咽下去。等蔚叔扶父亲上了轿后，我才取出手绢揩泪。

临去时我向松林群冢望了一眼，再来时怕已是一个梦醒后。

跪在洞穴前祷告上帝：愿以我青春火焰，燃烧父亲残弱的光辉！千万不要接引我的慈爱父亲来到这里呵！这是我第二次感到坟墓的残忍可怕，死是这样伟大的无情。

书塾与学堂

郁达夫

为凑集学费之类,已经罗掘得精光的我那位母亲,自然是再也没有两块大洋的余钱替我去买皮鞋了,不得已就只好老了面皮,带着了我,上大街上的洋广货店里去赊去。

从前我们学英文的时候，中国自己还没有教科书，用的是一册英国人编了预备给印度人读的同纳氏文法是一路的读本。这读本里，有一篇说中国人读书的故事。插画中画着一位年老背曲拿烟管带眼镜拖辫子的老先生坐在那里听学生背书，立在这先生前面背书的，也是一位拖着长辫的小后生。不晓为什么原因，这一课的故事，对我印象特别的深，到现在我还约略谙诵得出来。里面曾说到中国人读书的奇习，说："他们无论读书背书时，总要把身体东摇西扫，摇动得像一个自鸣钟的摆。"这一种读书背书时摇摆身体的作用与快乐，大约是没有在从前的中国书塾里读过书的人所永不能了解的。

我的初上书塾去念书的年龄，却说不清楚了，大约总在七八岁的样子。只记得有一年冬天的深夜，在烧年纸的时候，我已经有点朦胧想睡了，尽在擦眼睛，打呵欠，忽而门外来了一位提着灯笼的老先生，说是来替我开笔的。我跟着他上了香，对孔子的神位行了三跪九叩之礼；立起来就在香案前面的一张桌上写了一张上大人的红字，念了四句"人之初，性本善"的《三字经》。第二年的春天，我就夹着绿布书包，拖着红丝小辫，摇摆着身体，成了那册英文读本里的小学生的样子了。

经过了三十余年的岁月，把当时的苦痛，一层层地摩擦干净，现在回想起来，这书塾里的生活，实在是快活得很。因为要早晨坐起一直坐到晚的缘故，可以助消化，健身体的运动，自然只有身体的死劲摇摆与放大喉咙的高叫了。大小便，是学生们监禁中暂时的解放，故而厕所就变作了乐园。我们同学中间的一位最淘气的，是学官陈老师的儿子，名叫陈方；书塾就系附设在学宫里面的。陈方每天早晨，总要大小便十二三次，后来弄得先生没法，就设下了一枝令签，凡须出塾上厕所的人，一定要持签而出；于是两人同去，在厕所里捣鬼的弊端革去了，但这令签的争夺，又成了一般学生们的唯一的娱乐。

陈方比我大四岁，是书塾里的头脑；像春香闹学似的把戏，总是由他发起，由许多虾兵蟹将来演出的，因而先生的挞伐，也以落在他一个人的头上者居多。不过同学中间有几位狡猾的人，委过于他，使他冤枉被打的事情也着实不少；他明知道辩不清的，每次替人受过之后，总只张大了两眼，滴落几滴大泪点，摸摸头上的痛处就了事。我后来进了当时由书院改建的新式的学堂，而陈方也因他父亲的去职而他迁，一直到现在，还不曾和他有第二次见面的机会；这机会大约是永也不会再来了，因为国共分家的当日，在香港仿佛曾听见人说起过他，说他的那一种惨死的样子，简直和杜格纳夫所描写的卢亭,完全是一样。

由书塾而到学堂!这一个转变,在当时的我的心里,比从天上飞到地上,还要来得大而且奇。其中的最奇之处,是我一个人,在全校的学生当中,身体年龄,都属最小的一点。

当时的学堂,是一般人崇拜和惊异的目标。将书院的旧考棚撤去了几排,一间像鸟笼似的中国式洋房造成功的时候,甚至离城有五六十里路远的乡下人,都成群结队,带了饭包雨伞,走进城来挤看新鲜。在校舍改造成功的半年之中,"洋学堂"的三个字,成了茶店酒馆,乡村城市里的谈话的中心;而穿着奇形怪状的黑斜纹布制服的学堂生,似乎都是万能的张天师,人家也在侧目而视,自家也在暗鸣得意。

一县里唯一的这县立高等小学堂的堂长,更是了不得的一位大人物,进进出出,用的是蓝呢小轿;知县请客,总少不了他。每月第四个礼拜六下午作文课的时候,县官若来监课,学生们特别有两个肉馒头好吃;有些住在离城十余里的乡下的学生,于作文课完后回家的包裹里,往往将这两个肉馒头包得好好,带回乡下去送给邻里尊长,并非想学颖考叔(注:郑国大夫,为人正直无私,素有孝友之誉)的纯孝,却因为这肉馒头是学堂里的东西,而又出于知县官之所赐,吃了是可以驱邪启智的。

实际上我的那一班学堂里的同学,确有几位是进过学的秀才,年龄都在三十左右;他们穿起制服来,因为背形微驼,样子有点不大雅观,但穿了袍子马褂,摇摇摆摆走回乡下去的态度,如另有着一种堂皇严肃的威仪。

初进县立高等小学堂院那一年年底,因为我的平均成绩,超出了八十分以上,突然受了堂长和知县的提拔,令我和四位其他的同学跳过了一班,升入了高两年的级里;这一件极平常的事情,在县城里居然也耸动了视听,而在我们的家庭里,却引起了一场很不小的风波。

是第二年春天开学的时候了,我们的那位寡母,辛辛苦苦,调集了几块大洋的学费书籍费缴进学堂去后,我向她又提出了一个无理的要求,硬要她去为我买一双皮鞋来穿。在当时的我的无邪的眼里,觉得在制服下穿上一双皮鞋,挺胸伸脚,得得得得地在石板路上走去,就是世界上最光荣的事情;跳过了一班,升进了一级的我,非要如此打扮,才能够压服许多比我大一半年龄的同学的心。为凑集学费之类,已经罗掘得精光的我那位母亲,自然是再也没有两块大洋的余钱替我去买皮鞋了,不得已就只好老了面皮,带着了我,上大街上的洋广货店里去赊去;当时的皮鞋,是由上海运来,在洋广货店里寄售的。

一家,两家,三家,我跟了母亲,从下街走起,一直走到了上街尽处的那一家隆兴字号。店里的人,看我们进去,先都非常客气,摸摸我的头,一双一双的皮鞋拿出来替我试脚;但一听到了要赊欠的时候,却同样地都白了眼,作一脸苦笑,说要去问账房先生的。而各个账房先生,又都一样地板起了脸,放大了喉咙,说是赊欠不来。到了最后那一家隆兴里,惨遭拒绝赊欠的一瞬间,母亲非但涨红了脸,我看见她的眼睛,也有点红起来了。不得已只好默默地旋转了身,走出了店;我也并无言语,跟在她的后面走回家来。到了家里,她先掀着鼻涕,上楼去了半天;后来终于带了一大包衣服,走下楼来了,我晓得她是将从后门走出,上当铺去以衣服抵押现钱的；这时候，我心酸极了，哭着喊着，赶上了后门边把她拖住，就绝命的叫说：

"娘，娘！您别去罢！我不要了，我不要皮鞋穿了！那些店家！那些可恶的店家！"

我拖住了她跪向了地下，她也呜呜地放声哭了起来。两人的对泣，惊动了四邻，大家都以为是我得罪了母亲，走拢来相劝。我愈听愈觉得悲哀，母亲也愈哭愈是厉害，结果还是我重赔了不是，由间壁的大伯伯带走，走上了他们的家里。

自从这一次的风波以后，我非但皮鞋不着，就是衣服用具，都不想用新的了。拼命的读书，拼命的和同学中的贫苦者相往来，对有钱的人，经商的人仇视等，也是从这时候而起的。当时虽还只有十一二岁的我，经了这一番波折，居然有起老成人的样子来了，直到现在，觉得这一种怪癖的性格，还是改不转来。

到了我十三岁的那一年冬天，是光绪三十四年，皇帝死了；小小的这富阳县里，也来了哀诏，发生了许多议论。熊成基的安徽起义，无知幼弱的溥仪的入嗣，帝室的荒淫，种族的歧异等等，都从几位看报的教员的口里，传入了我们的耳朵。而对于我印象最深的，是一位国文教员拿给我们看的报纸上的一张青年军官的半身肖像。他说，这一位革命义士，在哈尔滨被捕，在吉林被满清的大员及汉族的卖国奴等生生地杀掉了；我们要复仇，我们要努力用功。所谓种族，所谓革命，所谓国家等等的概念，到这时候，才隐约地在我脑里生了一点儿根。

落花生

/ 许地山

人要做有用的人,不要做只讲体面,而对别人没有好处的人。

我们家的后园有半亩空地,母亲说:"让它荒着怪可惜的,你们那么爱吃花生,就开辟出来种花生吧。"我们姐弟几个都很高兴,买种,翻地,播种,浇水,没过几个月,居然收获了。

母亲说:"今晚我们过一个收获节,请你们的父亲也来尝尝我们的新花生,好不好?"母亲把花生做成了好几样食品,还吩咐就在后园的茅亭过这个节。

那晚上天色不太好,可是父亲也来了,实在很难得。

父亲说:"你们爱吃花生吗?"

我们争着答应:"爱!"

"谁能把花生的好处说出来?"

姐姐说:"花生的味儿美。"

哥哥说:"花生可以榨油。"

我说:"花生的价钱便宜,谁都可以买来吃,都喜欢吃。这就是它的好处。"

父亲说:"花生的好处很多,有一样最可贵:它的果实埋在地里,不像桃子、石榴、苹果那样,把鲜红嫩绿的果实高高地挂在枝头上,使人一见就生爱慕之心。你们看它矮矮地长在地上,等到成熟了,也不能立刻分辨出来它有没有果实,必须挖起来才知道。"

我们都说是,母亲也点点头。

父亲接下去说:"所以你们要像花生,它虽然不好看,可是很有用。"

我说:"那么,人要做有用的人,不要做只讲体面,而对别人没有好处的人。"

父亲说:"对。这是我对你们的希望。"

我们谈到深夜才散。花生做的食品都吃完了,父亲的话却深深地印在我的心上。

缀

缪崇群

没有一个老年人不在翘盼着她的幼小者的生长，对于自己的可数的日子倒是忘得干干净净的。

妻在她们姊妹行中是顶小的一个，出生的那一年，她的母亲已经四十岁。妻的体质和我并不相差许多。没料到她却比我在先的把血吐尽，仅仅活了二十六年，就在一个夏末秋来的晚上静静地死去了。留给我的是整个的秋天，和秋天以后的日子。

这个不幸的消息，一直隐瞒着一个老年人（没有一个老年人不在翘盼着她的幼小者的生长，对于自己的可数的日子倒是忘得干干净净的）；使老年人眼见着"黄梅未落青梅落"的情景，这种可怜的幻灭感，恐怕比她自己临终时所感到的那种情景还要伤恸的。

妻的母亲就是这样一个可怜的老人。

"五姑的病，转地疗养去了。"起初是用这样分隔的话来隐瞒着她。那时妻已经躺在一块白石碑的底下。

"发了疯的日人，不分城里城外的滥炸，把

五姑糟踏了!"过了一年,抗战的炮火响亮了,时代正揭开了伟大的一幕,才把幼小者已经死亡的事,传告了这个老人。因为唯有这种措辞是合理的,也唯有这种措辞足以取信。

全中国的父母都知道,为国家牺牲了的骨肉,这骨肉还是光荣的属于自己的;我们每个人都知道,死亡并不是一个终结,那解不开的仇恨,早已使我们每一个人的眼睛发光,清清楚楚地认识了:唯有凶暴的侵略者,才是我们所有的生命的敌人!

妻的墓,那是正浸在汤山的血泊里。

在炮火中又过了一年,想不到我会来到的地方,我会和妻的母亲再见了。如果这回和妻同来,我不知道对于这个雪发银头的老人,她将怎样惊异而发怔了。

"妈,看我走过千山万水还是好好的,你喜欢么?"

"喜是喜欢,只是看见落了你一个人。"

…………

像是拾到了一件可怜惜的东西,同时也就接触到那件东西的失主的一颗更可怜惜的心。

幼小者的墓,遥遥的还留在沦陷了的区域里。梦也不会梦到。如今我竟一个人又立在她的母亲的面前了。

虽然是轰炸之下,我们还依常地度了一些日子。

母亲戴着花镜,常常一个人坐在窗下,为我缝缀着一些破了的衣什,我感泣,我没有语句可以阻止她。

"天已经黑了,留到明朝罢。"

她不理睬,索性撕掉那些窗纸——前次已经被日人的炸弹所震裂了的窗纸,继续缝缀着。

"成功了,至少还可以穿过几个冬天的。"

人世上悲哀的日子没有停止,爱的日子也正长着……

遥想着油绿的小草,该是在妻的墓畔轻轻招展的时候了。

愿春晖与弱草,织缀着墓里的一颗安息着的心。

母亲和我,不久都会返来的。

父亲的玳瑁

鲁彦

对于寂寞地度着残年的老人,玳瑁所给予的是儿子和孙子的安慰,我觉得。

在墙脚根刷然溜过的那黑猫的影,又触动了我对于父亲的玳瑁的怀念。

净洁的白毛的中间,夹杂些淡黄的云霞似的柔毛,恰如透明的妇人的玳瑁首饰的那种猫儿,是被称为"玳瑁猫"的。我们家里的猫儿正是那一类,父亲就给了它"玳瑁"这个名字。

在近来的这一匹玳瑁之前,我们还曾有过另外的一匹。它有着同样的颜色,得到了同样的名字,同是从我姊姊家里带来,一样地为我们所爱。

但那是我不幸的妹妹的玳瑁,它曾经和她盘桓了十二年的岁月。

而现在的这一匹,是属于父亲的。

它什么时候来到我们家里,我不很清楚,据说大约已有三年光景了。父亲给我的信,从来不曾提过它。在他的理智中,仿佛以为玳瑁毕竟是一匹小小的兽,比不上任何的家事,足以通知我似的。

但当我去年回到家里的时候,我看到了父亲和玳瑁的感情了。

每当厨房的碗筷一搬动,父亲在后房餐桌边坐下的时候,玳瑁便在门外"咪咪"地叫了起来。这叫声是只有两三声,从不多叫的。它仿佛在问父亲,可不可以进来似的。

于是父亲就说了,完全像对什么人说话一样:

"玳瑁,这里来!"

我初到的几天,家里突然增多了四个人,在玳瑁似乎感觉到热闹与生疏的恐惧,常不肯即刻进来。

"来吧,玳瑁!"父亲望着门外,不见它进来,又说了。

但是玳瑁只回答了两声"咪咪",仍在门外徘徊着。

"小孩一样,看见生疏的人,就怕进来了。"父亲笑着对我们说。

但是过了一会,玳瑁在大家的不注意中,已经跃上了父亲的膝上。

"哪,在这里了。"父亲说。

我们弯过头去看,它伏在父亲的膝上,睁着略带惧怯的眼望着我们,仿佛预备逃遁似的。

父亲立刻理会它的感觉,用手抚摩着它的颈背,说:"困吧,玳瑁。"一面他又转过来对我们说:"不要多看它,它像姑娘一样的呢。"

我们吃着饭,玳瑁从不跳到桌上来,只是静静地伏在父亲的膝上。有时鱼腥的气息引诱了它,它便偶尔伸出半个头来望了一望,又立刻缩了回去。它的脚不肯触着桌。这是它的规矩,父亲告诉我们说,向来是这样的。

父亲吃完饭，站起来的时候，玳瑁便先走出门外去。它知道父亲要到厨房里去给它预备饭了。那是真的。父亲从来不曾忘记过，他自己一吃完饭，便去添饭给玳瑁的。玳瑁的饭每次都有鱼或鱼汤拌着。父亲自己这几年来对于鱼的滋味据说有点厌，但即使自己不吃，他总是每次上街去，给玳瑁带了一些鱼来，而且给它储存着的。

白天，玳瑁常在储藏东西的楼上，不常到楼下的房子里来。但每当父亲有什么事情将要出去的时候，玳瑁像是在楼上看着的样子，便溜到父亲的身边，绕着父亲的脚转了几下，一直跟父亲到门边。父亲回来的时候，它又像是在什么地方远远望着，静静地倾听着的样子，待父亲一跨进门限，它又在父亲的脚边了。它并不时时刻刻跟着父亲，但父亲的一举一动，父亲的进出，它似乎时刻在那里留心着。

晚上，玳瑁睡在父亲的脚后的被上，陪伴着父亲。

我们回家后，父亲换了一个寝室。他现在睡到弄堂门外一间从来没有人去的房子里了。

玳瑁有两夜没有找到父亲，只在原地方走着，叫着。它第一夜跳到父亲的床上，发现睡着的是我们，便立刻跳了出去。

正是很冷的天气。父亲记念着玳瑁夜里受冷，说它恐怕不会想到他会搬到那样冷落的地方去的。而且晚上弄堂门又关得很早。

但是第三天的夜里，父亲一觉醒来，玳瑁已在床上睡着了，静静地，"咕咕"念着猫经。

半个月后，玳瑁对我也渐渐熟了。它不复躲避我。当它在父亲身边的时候，我伸出手去，轻轻抚摩着它的颈背，它伏着不动。然而它从不自己走近我。我叫它，它仍不来。就是母亲，她是永久和父亲在一起的，它也不肯走近她。父亲呢，只要叫一声"玳瑁"，甚至咳嗽一声，它便不晓得从什么地方溜出来了，而且绕着父亲的脚。

有两次玳瑁到邻居去游走，忘记了吃饭。我们大家叫着"玳瑁玳瑁"，东西寻找着，不见它回来。父亲却猜到它哪里去了。他拿着玳瑁的饭碗走出门外，用筷子敲着，只喊了两声"玳瑁"，玳瑁便从很远的邻屋上走来了。

"你的声音像格外不同似的，"母亲对父亲说，"只消叫两声，又不大，它便老远地听见了。"

"是哪，它只听我管的哩。"

对于寂寞地度着残年的老人，玳瑁所给予的是儿子和孙子的安慰，我觉得。

六月四日的早晨，我带着战栗的心重到家里，父亲只躺在床上远远地望了我一下，便疲倦地合上了眼皮。我悲苦地牵着他的手在我的面上抚摩。他的手已经有点生硬，不复像往日柔和地抚摩玳瑁的颈背那么自然。据说在头一天的下午，玳瑁曾经跳上他的身边，悲鸣着，父亲还很自然地抚摩着它，亲密地叫着"玳瑁"。而我呢，已经迟了。

从这一天起，玳瑁便不再走进父亲的以及和父亲相连的我们的房子。我们有好几天没有看见玳瑁的影子。我代替了父亲的工作，给玳瑁在厨房里备好鱼拌的饭，敲着碗，叫着"玳瑁"。玳瑁没有回答，也不出来。母亲说，这几天家里人多，闹得很，它该是躲在楼上怕出来的。于是我把饭碗一直送到楼上。然而玳瑁仍没有影子。过了一天，碗里的饭照样地摆在楼上，只饭粒干瘪了一些。

玳瑁正怀着孕，需要好的滋养。一想到这，大家更其焦虑了。

第五天早晨，母亲才发现给玳瑁在厨房预备着的另一只饭碗里的饭略略少了一些。大约它在没有人的夜里走进了厨房。它应该是非常饥饿了。然而仍像吃不下的样子。

一星期后，家里的戚友渐渐少了。玳瑁仍不大肯露面。无论谁叫它，都不答应，偶然在楼梯上溜过的后影，显得憔悴而且瘦削，连那怀着孕的肚子也好像小了一些似的。

一天一天家里愈加冷静了。满屋里主宰着静默的悲哀。一到晚上，人还没有睡，老鼠便"吱吱"叫着活动起来，甚至我们房间的楼上也在叫着跑着。玳瑁是最会捕鼠的。当去年我们回家的时候，即使它跟着父亲睡在远一点的地方，我们的房间里从没有听见过老鼠的声音，但现在玳瑁就睡在隔壁的楼上，也不过问了。我们毫不埋怨它。我们知道它所以这样的原因。

可怜的玳瑁。它不能再听到那熟识的亲密的声音，不能再得到那慈爱的抚摩，它是在怎样的悲伤呵！

三星期后，我们全家要离开故乡。大家预先就在商量，怎样把玳瑁带出来。但是离开预定的日子前一星期，玳瑁生了小孩了。我们看见它的肚子松瘪着。

怎样可以把它带出来呢？

然而为了玳瑁，我们还是不能不带它出来。我们家里的门将要全锁上。邻居们不会像我们似的爱它，而且大家全吃着素菜，不会舍得买鱼饲它。单看玳瑁的脾气，连对于母亲也是冷淡淡的，绝不会喜欢别的邻居。

我们还是决定带它一道来上海。

它生了几个小孩，什么样子，放在哪里，我们虽然极想知道，却不敢去惊动玳瑁。我们预定在饲玳瑁的时候,先捉到它,然后再寻觅它的小孩。因为这几天来,玳瑁在吃饭的时候,已经不大避人,捉到它应该是容易的。

但是两天后,我们十几岁的外甥遏抑不住他的热情了。不知怎样,玳瑁的孩子们所在的地方先被他很容易地发现了。它们原来就在楼梯门口,一只半掩着的糠箱里。玳瑁和它的小孩们就住在这里,是谁也想不到的。外甥很喜欢,叫大家去看。玳瑁已经溜得远远地在惧怯地望着。

我们想,既然玳瑁已经知道我们发觉了它的小孩的住所,不如便先把它的小孩看守起来,因为这样,也可以引诱玳瑁的来到,否则它会把小孩衔到更没有人晓得的地方去的。

于是我们便做了一个更安适的窠,给它的小孩们,携进了以前父亲的寝室,而且就在父亲的床边。

那里是四个小孩,白的,黑的,黄的,玳瑁的,都还没有睁开眼睛。贴着压着,钻做一团,肥圆的。捉到它们的时候,偶然发出微弱的老鼠似的吱吱的鸣声。

"生了几只呀?"母亲问着。

"四只。"

"嗨,四只!怪不得!扛了你父亲的棺材,不要再扛我的呢!"母亲叹息着,不快活地说。

大家听着这话,愣住了。

"把它们丢出去!"外甥叫着说,但他同时却又喜悦地抚摩着玳瑁的小孩们,舍不得走开。

玳瑁现在在楼上寻觅了,它大声地叫着。

"玳瑁，这里来，在这里。"我们学着父亲仿佛对人说话似的叫着玳瑁说。

但是玳瑁像只懂得父亲的话，不能了解我们说什么。它在楼上寻觅着，在弄堂里寻觅着，在厨房里寻觅着，可不走进以前父亲天天夜里带着它睡觉的房子。我们有时故意作弄它的小孩们，使它们发出微弱的鸣声。玳瑁仍像没有听见似的。

过了一会，玳瑁给我们女工捉住了。它似乎饿了，走到厨房去吃饭，却不妨给她一手捉住了颈背的皮。

"快来！快来！捉住了！"她大声叫着。

我扯了早已预备好的绳圈，跑出去。

玳瑁大声地叫着，用力地挣扎着。待至我伸出手去，还没抱住玳瑁，女工的手一松，玳瑁溜走了。

它再不到厨房里去，只在楼上叫着，寻觅着。

几点钟后，我们只得把玳瑁的小孩们送回楼上。它们显然也和玳瑁似的在忍受着饥饿和痛苦。

玳瑁又静默了，不到十分钟，我们已看不见它的小孩们的影子。现在可不必再费气力，谁也不会知道它们的所在。

有一天一夜，玳瑁没有动过厨房里的饭。以后几天，它也只在夜里，待大家睡了以后到厨房里去。

我们还想设法带玳瑁出来，但是母亲说：

"随它去吧，这样有灵性的猫，哪里会不晓得我们要离开这里。要出去自然不会躲开的。你们看它，父亲过世以后，再也不忍走进那两间房里，并且几天没有吃饭，明明在非常的伤心。现在怕是还想在这里陪伴你们父亲的灵魂呢。它原是你父亲的。"

我们只好随玳瑁自己了。它显然比我们还舍不得父亲，舍不得父亲所住过的房子，走过的路以及手所抚摸过的一切。父亲的声音，父亲的形象，父亲的气息，应该都还很深刻地萦绕在它的脑中。

可怜的玳瑁，它比我们还爱父亲！

然而玳瑁也太凄惨了。以后还有谁再像父亲似的按时给它好的食物，而且慈爱地抚摸着它，像对人说话似的一声声地叫它呢？

离家的那天早晨，母亲曾给它留下了许多给孩子吃的稀饭在厨房里。门虽然锁着，玳瑁应该仍然晓得走进去。邻居们也曾答应代我们给它饲料。然而又怎能和父亲在的时候相比呢？

现在距我们离家的时候又已一月多了。玳瑁应该很健康着，它的小孩们也该是很活泼可爱了吧？

我希望能再见到和父亲的灵魂永久同在着的玳瑁。

疲倦的母亲

/ 许地山

车还在深林平畴之间穿行着。车中的人,除那孩子和一两个旅客以外,少有不像他母亲那么酣睡的。

那边一个孩子靠近车窗坐着，远山，近水，一幅一幅，次第嵌入窗户，射到他的眼中。他手画着，口中还咿咿呀呀地，唱些没字曲。

在他身边坐着一个中年妇人，支着头瞌睡。孩子转过脸来，摇了她几下，说："妈妈，你看看，外面那座山很像我家门前的呢。"

母亲举起头来，把眼略睁一睁，没有出声，又支着颐睡去。

过一会，孩子又摇她，说："妈妈，'不要睡吧，看睡出病来了'。你且睁一睁眼看看外面八哥和牛打架呢。"

母亲把眼略略睁开，轻轻打了孩子一下，没有作声，又支着头睡去。

孩子鼓着腮，很不高兴。但过一会，他又唱起来了。

"妈妈，听我唱歌吧。"孩子对着她说，又摇了她几下。

母亲带着不喜欢的样子说:"你闹什么?我都见过,都听过,都知道了;你不知道我很疲乏,不容我歇一下吗?"

孩子说:"我们是一起出来的,怎么我还顶精神,你就疲乏起来?难道大人不如孩子吗?"

车还在深林平畴之间穿行着。车中的人,除那孩子和一两个旅客以外,少有不像他母亲那么酣睡的。

守岁烛

缪崇群

啊！What is a home without mother?

我又陡然地记忆起这句话了——它是一个歌谱的名字，可惜我不能唱它。

蔚蓝静穆的空中，高高地飘着一两个稳定不动的风筝，从不知道远近的地方，时时传过几声响亮的爆竹，——在夜晚，它的回音是越发地撩人了。

岁是暮了。

今年侥幸没有他乡作客，也不曾颠沛在那迢遥的异邦，身子就在自己的家里；但这个陋小低晦的四围，没有一点生气，也没有一点温情，只有像垂死般的宁静，冰雪般的寒冷。一种寥寂与没落的悲哀，于是更深地把我笼罩了，我永日沉默在冥想的世界里。

因为想着逃脱这种氛围，有时我便独自到街头徜徉去，可是那些如梭的车马，鱼贯的人群，也同样不能给我一点兴奋或慰藉，他们映在我眼睑的不过是一幅熙熙攘攘的世相，活动的，滑稽的，杂乱的写真，看罢了所谓年景归来，心中越是惆怅地没有一点皈依了。

啊！What is a home without mother？（注：没有母亲的家是什么？）

我又陡然地记忆起这句话了——它是一个歌谱的名字，可惜我不能唱它。

在那五年前的除夕的晚上，母亲还能斗胜了她的疾病，精神很焕发地和我们在一起聚餐，然而我不知怎么那样地不会凑趣，我反郁郁地沉着脸，仿佛感到一种不幸的预兆似的。

"你怎么了？"母亲很担心地问。

"没有怎么，我是好好的。"

我虽然这样回答着，可是那两股辛酸的眼泪，早禁不住就要流出来了。我急忙转过脸，或低下头，为避免母亲的视线。

"少年人总要放快活些，我像你这般大的年纪，还一天玩到晚，什么心思都没有呢。"母亲已经把我看破了。

我没有言语。父亲默默地呷着酒；弟弟尽独自夹他所喜欢吃的东西。

自己因为早熟一点的缘故，不经意地便养成了一种易感的性格。每当人家欢喜的时刻，自己偏偏感到哀愁；每当人家热闹的时刻，自己却又感到一种莫名的孤独。究竟为什么呢？我是回答不出来……

——没有不散的筵席，这句话的黑影，好像正正投满了我的窄隘的心胸。

饭后过了不久，母亲便拿出两个红纸包儿出来，一个给弟弟，一个给我，给弟弟的一个，立刻便被他拿走了，给我的一个，却还在母亲的手里握着。

红纸包里裹着压岁钱，这是我们每年所最盼切而且数目最多的一笔收入,但这次我是没有一点兴致接受它的。

"妈,我不要吧,平时不是一样地要吗?再说我已经渐渐长大了。"

"唉,孩子,在父母面前,八十岁也算不上大的。"

"妈妈自己尽辛苦节俭,哪里有什么富余的呢。"我知道母亲每次都暗暗添些钱给我,所以我更不愿意接受了。

"这是我心愿给你们用的……"母亲还没说完,这时父亲忽然在隔壁带着笑声地嚷了:"不要给大的了,他又不是小孩子。"

"别睬他,快拿起来吧。"母亲也抢着说,好像哄着一个婴儿,唯恐他受了惊吓似的……

佛前的香气,蕴满了全室,烛光是煌煌的。那慈祥,和平,闲静的烟纹,在黄金色的光幅中缭绕着,起伏着,仿佛要把人催得微醉了,定一下神,又似乎自己乍从梦里醒觉过来一样。

母亲回到房里的时候,父亲已经睡了;但她并不立时卧下休息,她竟沉思般地坐在床头,这时我心里真凄凉起来了,于是我也走进了房里。

房里没有灯,靠着南窗底下,烧着一对明晃晃的蜡烛。

"妈今天累了吧?"我想赶去这种沉寂的空气,并且打算伴着母亲谈些家常。我是深深知道我刚才那种态度太不对了。

"不——"她望了我一会又问,"你怎么今天这样不欢喜呢?"

我完全追悔了,所以我也很坦白地回答母亲:"我也说不出为什么,逢到年节,心里总感觉着难受似的。"

"年轻的人,不该这样的,又不像我们老了,越过越淡。"

——是的,越过越淡,在我心里,也这样重复地念了一遍。

"房里也点蜡烛做什么？"我走到烛前，剪着烛花问。

"你忘记了吗？这是守岁烛，每年除夕都要点的。"

那一对美丽的蜡烛，它们真好像穿着红袍的新人。上面还题着金字：寿比南山……

"太高了一点吧？"

"你知道守岁守岁，要从今晚一直点到天明呢。最好是一同熄——所谓同始同终——如果有剩下的便留到清明晚间照百虫，这烛是一照影无踪的……"

…………

在烛光底下，我们不知坐了多久；我们究竟把我们的残余的，唯有的一岁守住了没有呢，哪怕是蜡烛再高一点，除夕更长一些？

外面的爆竹，还是密一阵疏一阵地响着，只有这一对守岁烛是默默无语，它的火焰在不定地摇曳，泪是不止地垂滴，自始至终，自己燃烧着自己。

明年，母亲便去世了，过了一个阴森森的除夕。

第二年，第三年，我都不在家里……是去年的除夕吧，在父亲的房里，又燃起了"一对"明晃晃的守岁烛。

——母骨寒了没有呢？我只有自己问着自己。

又届除夕了，环顾这陋小，低晦，没有一点生气与温情的四围——比去年更破落了的家庭，唉，我除了凭吊那些黄金的过往以外，哪里还有一点希望与期待呢？

岁虽暮，阳春不久就会到来……

心暮了，生命的火焰，将在长夜里永久逝去了！

母亲的话（节选）

田汉

我远远望着老祖父牵着穿新衣的夹书包的孩子过三培桥的影子，心里又是满足，又是忧虑。

因为我小时每天领梅臣读书，常常梅臣没有熟的书，我先在外面听熟了，这引起我对知识的兴趣。后来梅臣补廪（注：明清科举制度，生员经岁、科两试成绩优秀者，增生可依次升廪生，谓之"补廪"）、进学，母亲取得初步的安慰。我当时心里曾这样想：

"我若有了孩子，我也一定要让他读书。"

再加梅臣每次从城里回来，总替我们带来许多消息和新的见解，让我们心里也模糊地知道这世界在变。我更加想让孩子追随他舅舅之后，做个读书种子。

寿昌（注：即田汉）出世的那几年，家里境况实在还好，又兼第一个孙子，祖父以下都把他当宝贝似的宠他。我对他的保育，做了一个农村母亲所能做的事。他的衣饰物在我们亲戚间的孩子中算是不落人后。我替他做过一顶青湖绉的狗头帽子，在当时足花了一萝谷的价钱。帽子是满天顶,三镶辫子盘蝴蝶。那时候,时兴纳金花一直盘到耳朵边,两边再各绣一个柿子,还有一大把穗须。孩子长得白净,戴起来很好看。……五六岁的时候,我替他做了一件毛青布袍,绿羽毛挑花领褂,样子是我老远在大坟山六姨妈那儿拓来的。面前是一个"如意",即一枝草,一个银锭子,一个如意。背后是一朵整必定花。样子极好看,很合二四八月间穿。……所有这些针线,都是我在每天深夜,当正项的活计做完之后偷偷地赶出来的。那时候我"说起天光就是夜",什么事拿起就做,从不晓得疲倦。兴致也非常高,认真把儿女的事放在心里。

寿昌的性情还算纯顺。他四五岁时,寿康晚上发烧,我常叫他起来给我提着灯笼到鸡窝里取鸡蛋,用蛋白给他弟弟烫头、胸和肚皮。他总很听话。冬天,他祖父在舂米的房里打草鞋时,他也掇一个小条凳学着打草鞋,或是用草心织田螺,静静地一声不响。那时他还不曾上学,可是已经认识几个字,常常用红泥在尿桶边的墙壁上写斗大的"福"字。这孩子对戏剧从小就有很深的爱好。我们农村里流行一种影子戏,八嫂子的姨父向福生就是唱影子戏的。附近农村遇了年节、吉庆,或是还愿,总是他领班子来唱戏。寿昌看完影子戏回来,老是学着唱呀唱的,身子也学着"影戏菩萨"的走路姿势。有时偷我们的布壳子学着剪影戏中的人物。向家姊爷来我家时,寿昌老问他讨"影戏菩萨"和玻璃脸子,又用竹纸敷起架子,在青油灯下自己唱着玩。我们那边看大戏(注:湘戏)只有三个地方:一个是隔三字墙不远的花果园,一个是在赤石河附近的金龙寺,一个是隔茅坪较近的洪山庙。我在家做女儿的时候,每年也常到花果园去看戏。自到田家就没有这工夫了。但田家的叔叔们都欢喜看戏，又都欢喜寿昌，每逢看戏，叔叔们总爱带寿昌去。我也给了些钱让他去买东西吃。他一到庙里，因为人小怕挤，老是靠柱头站着呆看，偶然也由叔叔们抱他坐高凳。回家时他仍把钱交给我，一数，时常一个也没有用掉。……还有是你问他今天看了些什么戏，他常常能说出戏的情节来。有时还把衣角展动着，巧妙地戏学舞台上演员的动作。我见这孩子资质不算坏，又很沉静，想让他读书的心思更加坚定了。幸亏家里也没有人一定要他去看牛的。那时王家姑爷茂发二哥的染坊开得很发财，从荞麦湾那边搬到"枞榕树脚下"（小地名）。因为他家里人口多，孩子也多，所谓"衣食足而后礼仪兴"，就在新屋里办起了一个学堂，请了一位先生也姓王，叫王益谦。这位老先生是个不第的秀才，脾气古怪，所以诨名"王五憨子"，但教书却异常认真。我决心把孩子寄在这里。寿昌那时已七岁，应该让他发蒙了。

"孩子，今天公公送你到王姑爷家里念书去，你去吗？"

"去的，妈妈。"寿昌显然非常高兴。我放心了，给他穿上新衣。

祖父在祖宗神龛前点起香烛，要寿昌拜过祖宗。但正要领他去的时候，这孩子忽然不肯去了。

"孩子，别淘气！你是最听妈妈的话的，快跟公公上学去吧。"我说。

但他还是不去。没有法子，我只得骂这孩子。祖母正坐在伙房里吸旱烟。我满望她老人家能说说好话，劝劝他。但她老人家出乎意外地敲着铜烟袋脑壳说：

"这么点点大的小孩，让他去念什么书？白糟蹋钱。"

我心里更加难过了。其实寿昌已经不算小了，梅臣从三四岁就在桐门大公那儿上学，七岁的孩子还能老让他在家里玩吗？我只得再好好地劝寿昌，结果他才答应去了。我远远望着老祖父牵着穿新衣的夹书包的孩子过三培桥的影子，心里又是满足，又是忧虑：

"这恐怕是一个很重的担子吧。"我不知如何有着这样的预感。

还好，寿昌自那天上学以后就不再闹别扭了，每天比我们还要经心，不管晴雨从没有告过假。某次他肚子痛，我说：

"孩子，你今天可以不去上学了。"

但他还是去了。每天早晨去，到晌午回家来，吃过午饭再去。从茅坪到枞榕树要经过三培桥，到了春天，小港里水涨了，石桥常被淹没。我们和王家两代亲戚，他们也很爱这孩子，担心他会掉在水里，常常留他吃午饭，孩子不愿意。茂兴三伯说：

"你公公把钱给我了，要你在我家搭伙食哩。"

但寿昌还是不肯。我因为反正路不算远，也就听任这孩子的意思。

有一次春水涨了，王家不想让他独自回来，王先生也劝他一道吃饭，寿昌仍固执不肯。先生生气了，随手用对联上的木档子打他，但他还是回来了。先生原是非常严厉的，王家的那些同学们常常被他打得鬼哭神嚎，可是从没打过寿昌，因为他功课做得好。于今却为着不肯吃饭打他，可知道王先生不愧是一位"憨子先生"了。但先生所以那么着急，为的是怕这小学生回家掉在水里，他的意思原是好的。

寿昌没有掉在水里，可有一次几乎断送在风里。原来茂发二哥家境贫寒，而为人很有才干。他学染坊，出师后就在我们茅坪那屋里开业。我们当时人少，腾了一边屋子给他。他弄了几口缸，几块石头，买了几石土靛就简单地做起来了。慢慢地业务发达起来，茂发二爷成了一个"脚色"，后来由我公公说媒，娶了幔楼三伯的二姑娘。过门之后，家道日兴，租了荞麦湾王雨廷大公的房子大做起来，生意也更加兴隆，"王复兴"三字的招牌慢慢地城乡皆知，接着就开始发行纸币。虽则是"乡票"，但因信用好，王复兴的票子可以进城提盐。这样他就买了枞榕树下的几十亩田和那一栋大屋。这产业原是我们本家跛子七叔的。七叔的父亲照庆大公原来做过牛贩子，在咸、同年间很发了点财，因此他娶了一位南京太太。但后来慢慢地衰落了，偌大的祖业只剩了几十亩田，结果落入了这位新兴的染坊老板之手。屋子是大大地修葺，三字墙加高了，墙上还请高手匠人画了许多"八仙飘海""刘海戏蟾"之类的壁画，大门上有"三槐余荫"等八个大字。到王姑爷那边，也就是染坊所在，也是红地漆上黑字，写的是"春秋多佳日，山水有清音"，笔致颇为遒健，给寿昌的印象很深，他时常学着写。但下联这五个字并不写实，因为我们那儿是一片平阳之地，至少在两三里以内是没有什么山水可言的。因为是平阳之地，所以到每年春二三月刮起大风来无法遮拦。王家这三字墙是旧墙上加高的，基础就不大牢。再加那一天刮起了可怕的大风，枞榕树的枝叶刮得满天飞，屋上的瓦也给吹得掉下来。那时他们正在学堂里读书，学堂在西边书房，靠近左边那三字墙。风越刮越大，三字墙也有些摇撼了。一口猛风吹来，只听哗啦一响，王先生倒也非常机警，一把拉起寿昌往他教书的那张桐木桌子底下一躲，接着那三字墙有一半全坍下来。满屋子砖瓦灰烟,看不见人。没有来得及躲的同学们多负了伤,王六哥受伤最重,头都给砸破了,血流满面。寿昌亏着王先生之力,一点没有伤损。姑妈们赶忙过来探问,派人送寿昌回家。我们住的屋子后面正对着枞榕树屋场,远远望得见。公公听说三字墙倒了,不放心,也派人来看,路上接着寿昌,这样就停了几天学。

寿昌读完了第一年,成绩证明了他是一个可以造就的孩子。但我们家里情形已经有了变动了。那年由于家里人口多,我们分两处种田,祖父母、六叔、八叔住在茅坪老屋;我、七叔、九叔搬到陈家冲。因为没有分家,叔叔们实际上是两边住的,哪一边农忙就到哪一边去。陈家冲隔茅坪有八九里,我到陈家冲,寿昌却因就学关系仍留在茅坪,那是凤阶到城里洋学堂念书去了,家里没有迎先生,寿昌改到大园里殷家读书。先生也姓王,是一个老八股。有的学生素质也坏得很,专一教寿昌画白虎,偷丝团子。于是塅里纷纷传说:"寿昌不听话,读书不用功。"我听了非常着急。我相信孩子不会学坏,但相隔太远,无人管教,实在不放心。我不等那一节完,就把寿昌带到陈家冲。

陈家新屋的前面就是杨怀周八先生的家。他家那时正起一堂学,先生也姓王,号绍羲,上杉市人,是一位饱学先生,教的都是年龄较大的学生。我通过杨八先生的介绍,想把寿昌托付王先生。王先生要先看看孩子。一天,他外祖父来了,我就请他老人家领寿昌去见王先生。王先生当场命寿昌答对,并做简单的文字。这试验算通过了。

在王先生的熏陶之下,不过数月,寿昌的进步非常之快,不仅文字教育方面有了一点长进,精神教育方面也受到不少启发。有一天先生讲到某些民族英雄。

"假使我们遇到他们那样的境遇时,该怎么办?"先生问。

"我们应该尽节。"

先生对于寿昌的回答颇为满意。他拉着孩子的手,反复地嘉勉他。有时他对大一点的学生讲书,问旁听的寿昌懂不懂,寿昌也能答出一个大概,有些学生还埋怨先生忒偏心寿昌。

这以前,寿昌没有到过什么地方。有一次,寿昌肚子坏了。恰逢杨泗庙的杨泗将军行香,我们邻近成佛庵的僧众也去会合,旌旗数里,鞭炮声不断,这把寿昌的游兴也引动了,只告诉了王先生就随同大队一道走了,到晚边才和菩萨的轿子同回。我知道这孩子有病,很替他担心,回来一问,才知他一直到了春华山。他第一次出远门,高兴得把什么都忘了,当然病也玩好了。

易德福四爹在杨泗庙开了一个杂货铺兼屠行,生意非常好。他的家就住在我家附近,收拾得非常精细。有一回他找寿昌写了一副对联,对人家说是八岁孩子写的,别人听了,颇为惊奇。因为他欢喜写字,事情就多了。七月半陈柏松家里烧包,自己来不及写封子,也要寿昌代写。他写了一晚,手也给写疼了。

寿昌好像与和尚、道人有缘。成佛庵有一位彭道人也和寿昌谈得来。寿昌常到他那儿坐,每年春秋两季,庵里也演大戏,寿昌当然是最热心的观众。有次唱《火烧铁头和尚》,绿火满台,用一根绳子捆着一个假和尚,吊在檐边一个弹葫芦上,火光一闪,把那和尚从天空往台下一丢,随即又收上去。这却把寿昌吓了一跳,回家后还有点后怕。

事情又有变化了。虎臣满弟学了一阵手艺之后,安排到雨生满叔处读书。我父亲说：

"何不要寿昌也去那儿上学，舅甥们也有个招扶。"

寿昌九岁那年便同他外祖父、满舅一道从三字墙屋动身，到黄狮渡椴里屋李五姑奶奶家做了满叔外公的学生。

雨生满叔原是田家筱斋八叔的学生，与梅臣弟在城南书院同过学。满婶也是个很端淑聪慧的人，我也愿意孩子去。梅臣回家时到陈家冲来看我，送了我十几元，我拿一部分做了孩子的学费，记得是十二串钱。另由家里打了三石六斗米，算一年的伙食。外加油盐钱，全年六串。这在当时也算不小的负担了。寿昌在这里写文章算"成了篇"，满叔常向我爹爹夸耀。满婶的学问也不错，满叔不在家的时候常由她代课。她待寿昌也好。那虽是农村，因为在浏渭河的支流黄狮渡旁边，风景非常清丽，是个读书的好地方。同学们也都是些纯朴的少年，比起大园里那些顽童们好得多了。再加有他满舅在一道，他们年龄差不太多，志趣也相投，但并不完全相同。满弟呢，形貌轩昂，言语爽朗，善于交际，是一个"打口岸"的人物。他到黄狮渡不到一两个月，附近村庄、商店的大大小小都熟识了。每天放了学常领着寿昌到别人家喝茶吃点心。寿昌呢，也许是家境的关系吧，就比较沉静一些，不大和人家说话，但也并非古怪。他和满舅在一道，性格上倒是很好的调剂。

但变局又来了。

梅臣回来曾向我问禹卿的情形。那时禹卿在衡州，事情没有了，困居旅邸，病得很厉害，我非常忧烦。梅臣要我写信催他赶快回来，他可以帮禹卿找一点事。我托人写了一封信去。没有多久，禹卿回来了。但他病得实在厉害，耳朵都干了。据他说在衡阳吐过一脸盆血，回来之后也还不时吐血。虽然请医服药，但病势依旧一天天沉重，我就把寿昌接回来，每晚寿昌就在他父亲的床边的平头椅上借菜油灯光读书。禹卿见孩子长得这么高大，读书也用功，非常安慰。但他的病势一天天沉重，有一天晚上，他猛地爬起来说：

"他们说我阔气，你瞧，这里还摆着荔枝桂圆水哩。"

"谁说？爹爹！"寿昌问。

我拉了寿昌一下，显然，禹卿这时已有些神志不清了。我看他病得那样了，又看旁边的孩子们，心里万分的惨痛。我说：

"万一你出了什么事，我到杨泗庙去买点生鸦片烟吞了。"

实在的，禹卿若死了，我拖起这三个孩子怎么得活？大的八岁，正在读书；第二个，五岁淘得很；第三个三岁不足，还在吃奶。而禹卿的情形呢，是那样地朝不保夕。以后的事是万万想不得的，一想真叫你肠断。

但禹卿听了我的话，显得很生气的样子。他摇摇头说：

"不，不，你不要想死。你得好好招扶孩子们，你的命比我好，你还有福享，这样好的孩子能有几个？"

他心里又好像很明白。承他说了这几句话，我忍受了这半辈子的酸辛，抚育孩子们。直到今天，我还不敢轻易放下这责任。

母 亲

/ 石评梅

虽然人生旅途,到处是家,不过为了你,我才眷恋着故乡;母怀是我永久倚凭的柱梁,也是我破碎灵魂,最终归宿的坟墓。

母亲！这是我离开你，第五次度中秋，在这异乡——在这愁人的异乡。

我不忍告诉你，我凄酸独立在枯池旁的心境，我更不忍问你团圆宴上偷咽清泪的情况。

我深深地知道：系念着漂泊天涯的我，只有母亲；然而同时感到凄楚黯然，对月挥泪，梦魂犹唤母亲的，也只有你的女儿！

节前许久未接到你的信，我知道你并未忘记中秋；你不写的缘故，我知道了，只为了规避你心幕底的悲哀。月儿的清光，揭露了的，是我们枕上的泪痕；她不能揭露的，却是我们一丝一缕的离恨！

我本不应将这凄楚的秋心寄给母亲，重伤母亲的心；但是与其这颗心，悬在秋风吹黄的柳梢，沉在败荷残茎的湖心，最好还是寄给母亲。假使我不愿留这墨痕，在归梦的枕上，我将轻轻地读给母亲。假使我怕别人听到，我将折柳枝，蘸湖水,写给月儿,请月儿在母亲的眼里映出这一片秋心。

挹清嫂很早告诉我,她说:

"妈妈这些时为了你不在家怕谈中秋,然而你的顽皮小侄女昆林,偏是天天牵着妈妈的衣角,盼到中秋。我正在愁着,当家宴团圆时,我如何安慰妈妈?更怎能安慰千里外凝眸故乡的妹妹?我望着月儿一度一度圆,然而我们的家宴从未曾一次团圆。"

自从读了这封信,我心里就隐隐地种下恐怖,我怕到月圆,和母亲一样了。但是她已慢慢地来临,纵然我不愿撕月份牌,然而月儿已一天一天圆了!

十四的下午,我拿着一个月的薪水,由会计室出来,走到我办公处时,我的泪已滴在那一卷钞票上。母亲!不是为了我整天的工作,工资微少;不是为了债主多,我的钱对付不了;不是为了发得迟,不能买点异乡月饼,献给母亲尝尝,博你一声欢笑。只因:为了这一卷钞票我才流落在北京,不能在故乡,在母亲的膝下,大嚼母亲赐给的果品。然而,我不是为了钱离开母亲,我更不是为了钱抛弃故乡。

你不是曾这样说吗,母亲!

"你是我的女儿,同时你也是上帝的女儿,为了上帝你应该去爱别人,去帮助别人。去吧!潜心探求你所不知道的,勤恳工作你所能尽力的。去吧!离开我,然而你却在上帝的怀里。"

因之,我离开你漂泊到这里。我整天地工作,当夜晚休息时,揭开帐门,看见你慈爱的相片时,我跪在地下,低低告诉你:

"妈妈!我一天又完了。然而我只有忏悔和惭愧!我没有捡得什么,同时我也未曾给人什么!"

有时我胜利地微笑,有时我痛恨地大哭,但是我仍这样工作,这样每天告诉你。

这卷钞票我如今非常爱惜,她曾滴满了我的思亲泪!但是我想到母亲的叮咛时,我很不安,我无颜望着这重大的报酬。

因此,我更想着母亲——我更对不起遥远的山城里,常默祝我尽职的母亲!

十五那天早晨很早就醒了,然而我总不愿起来;母亲,你能猜到我为了什么吗?

林家弟妹,都在院里唱月儿圆,在他们欢呼高亢的歌声里,激荡起我潜伏已久的心波,揭现了心幕底沉默的悲哀。我悄悄地咽着泪,揭开帐门走下床来;打开我的头发,我一丝一丝理着,像整理烦乱一团的心丝。母亲!我故意慢慢地迟延,两点钟过去了,我成功了的是很松乱的鬓。

小弟弟走进来,给我看他的新衣裳,女仆走进来望着我拜节,我都付之一笑。这笑里映出我小时候的情形,映出我们家里今天的情形;母亲!你们春风沉醉的团圆宴上,怎堪想想寄人篱下的游子!

我想写信,不能执笔;我想看书,不辨字迹;我想织手工;我想抄《心经》;但是都不能。我后来想拿下墙上的洞箫,把我这不宁的心绪吹出;不过既非深宵,又非月夜,哪是吹箫的时节!后来我想最好是翻书箱,一件一件拿出,一本一本放回,这样挨过了半天,到了吃午餐的时候。

不晓得怎样,在这里住了一年的旅客,今天特别局促起来,举箸时,我的心颤跳得更厉害;不知是否,母亲你正在念着我?一杯红滟滟的葡萄酒,放在我面前,我不能饮下去,我想家里的团圆宴上少了我,这里的团圆宴上却多了我。虽然人生旅途,到处是家,不过为了你,我才眷恋着故乡;母怀是我永久倚凭的柱梁,也是我破碎灵魂,最终归宿的坟墓。

母亲!你原谅我吧!当我情感流露时,允许我说几句我心里要说的话,你不要迷信不吉祥而阻止,或者责怪我。

我吃饭时候,眼角边看见炉香绕成个卍字,我忽然想到你跪在观音面前烧香的样子,你唯一祷告的一定是我在外边"身体健康,一切平安"!母亲!我已看见你龙钟的身体,慈笑的面孔;这时候我连饭带泪一块儿咽下去。干咳了一声,他们都用怜悯的目光望我,我不由地低下头,觉着脸有点烧了。

母亲!这是我很少见的羞涩。

林家妹妹,和昆林一样大;她叫我"大姊姊";今天吃饭时,我屡次偷看她,不晓得为什么因为她,我又想起围绕你膝下,安慰欢愉你的侄女。惭愧!你枉有偌大的女儿;母亲!

你枉有偌大的女儿!

吃完饭,晶清打电话约我去万牲园。这是我第一次去看她们创造成功的学校:地址虽不大,然而结构却很别致,虽不能及石驸马大街富丽的红楼,但似乎仍不失小家碧玉的居处。

因此,我深深地感到了她们缔造艰难的苦衷了!

清很凄清,因她本有几分愁,如今又带了几分孝,在一棵垂柳下,转出来低低唤了一声"波微"时,我不禁笑了,笑她是这般娇小!

我们聚集了八个人,八个人都是和我一样离开了母亲,和我一样在万里外漂泊,和我一样压着凄哀,强作欢笑地度这中秋节。

母亲!她们家里的母亲,也和你想我一样想着她们;她们也正如我一般绻怀着母亲。

我们飘零的游子能凑合着在天涯一角，勉为欢笑，然而你们做母亲的，连凑合团聚，互谈谈你们心思的机会都没有。

因之，我想着母亲们的悲哀一定比女孩儿们的深沉！

我们缘着倾斜乱石、摇摇欲坠的城墙走，枯干一片，不见一株垂柳绿荫。砖缝里偶尔有几朵小紫花，也没有西山上的那样令人注目；我想着这世界已是被人摒弃了的。

一路走着，她们在前边，我和清留在后边。我们谈了许多去年今日，去年此时的情景；并不曾令我怎样悲悼，我只低低念着：

惊节序，叹沉浮，秾华如梦水东流；人间何事堪惆怅，莫向横塘问旧游。

走到西直门，我们才雇好车。这条路前几月我曾走过，如今令我最惆怅的，便是找不到那一片翠绿的稻田，和那吹人醺醉的惠风；只感到一阵阵冷清。

进了门，清低低叹了口气，我问："为什么事你叹息？"她没有答应我。多少不相识的游人从我身旁过去，我想着天涯漂泊者的滋味，沉默地站在桥头。这时，清握着我手说：

"想什么？我已由万里外归来。"

母亲！你当为了她伤心，可怜她无父无母的孤儿，单身独影漂泊在这北京城；如今歧路徘徊，她应该向哪处去呢？纵然她已从万里归来，我固然好友相逢，感到快愉。但是她呢？她只有对着黄昏晚霞，低低唤她死了的母亲；只有望着皎月繁星，洒几点悲悼父亲的酸泪!

猴子为了食欲,做出种种媚人的把戏,栏外的人也用了极少的诱感,逗着它的动作;而且在每人的脸上,都轻泛着一层胜利的微笑,似乎表示他们是聪明的人类。

我和清都感到茫然,到底怎样是生存竞争的工具呢?当我们笑着小猴子的时候,我觉着似乎猴子也正在窃笑着我们。

她们许多人都回头望着我们微笑,我不知道为了什么!琼妹忍不住了。她说:

"你看梅花小鹿!"

我笑了,她们也笑了;清很注意地看着栏里。琼妹过去推她说:

"最好你进去陪着它,直到月圆时候。"

母亲!梅花小鹿的故事,是今夏我坐在葡萄架下告诉过你的;当你想到时,一定要拿起案上那只泥做的梅花小鹿,看着它是否依然无恙;母亲!这是我永远留着它伴着你的。

经过了眠鸥桥,一池清水里,漂浮着几个白鹅;我望着碧清的池水,感到四周围的寂静。我的心轻轻地跳了,在这样死静的小湖畔,我的心不知为什么反而这样激荡着?我寻着人们遗失了的,在我偶然来临的路上;然而却失丢了我自己竟守着的,在这偶然走过的道上。

在这小桥上,我凝望着两岸无穷的垂柳。垂柳!你应该认识我,在万千来往的游人里,只有我是曾经用心的眼注视着你,这一片秋心,曾在你的绿荫深处停留过。

天气渐渐黯淡了,阳光慢慢叫云幕罩了;我们踏着落叶,信步走向不知道的一片野地里去。过了福香桥,我们在一个湖边的山石上坐着,清告诉我她在这里的一段故事。

四个月前，清、琼、逸来到这里。过了福香桥有一个小亭，似乎是从未叫人发现过的桃源。那时正是花开得十分鲜艳的时候，逸和琼折下柳条和鲜花，给她编了一顶花冠，逸轻轻地加在她的头上。晚霞笑了，这消息已由风儿送遍园林，许多花草树木都垂头朝贺她！

她们恋恋着不肯走，然而这顶花冠又不能带出园去，只好仍请逸把它悬在柳丝上。

归来的那晚上就接到翠湖的凶耗！清走了的第二个礼拜，琼和逸又来到这里，那顶花冠依然悬在柳丝上，不过残花败柳，已憔悴得不忍再睹。这时她们猛觉得一种凄凉紧压着，不禁对着这枯萎的花冠痛哭！不愿它再受风雨的摧残，拿下来把它埋在那个小亭畔；虽然这样，但是它却造成一段绮艳的故事。

我要虔诚地谢谢上帝，清能由万里外载着那深重的愁苦归来，更能来到这里重凭吊四月前的遗迹。在这中秋，我们能团聚着；此时此景，纵然凄惨也可自豪自慰！

母亲！我不愿追想如烟如梦的过去，我更不愿希望那荒渺未卜的将来，我只尽兴尽情地快乐，让幻空的繁华都在我笑容上消灭。

母亲！我不敢欺骗你，如今我的生活确乎大大改变了，我不诅咒人生，我不悲欢人生，我只让属于我的一切事境都像闪电，都像流星。我时时刻刻这样盼着！当箭放在弦上时，我已想到我的前途了。

我们由动物园走到植物园，经过许多残茎枯荷的池塘，荒芜落叶的小径；这似我心湖一样的澄静死寂，这似我心湖边岸一样的枯萎荒凉。我在豳风堂前望着那一池枯塘，向韵姊说：

"你看那是我的心湖！"

她不能回答我,然而她却说:

"我应该向你说什么?"

我深深地了解她的心,她的心是这般凄冷。不过在这样旧境重逢时,她能不为了过去的春光惆怅吗?母亲!她是那年你曾鉴赏过她的大笔的;然而,她如椽的大笔,未必能写尽她心中的惆怅,因为她的愁恨是那样深沉难测呵!

天气阴沉得令人感着不快,每个人都低了头幻想着自己心境中的梦乡;偶然有几句极勉强的应酬话,然而不久也在沉寂的空气中消失了。

清似乎想起什么一样,站起身来领着我就走,她说:"我领你到个地方去看看。"

这条道上,没有逢到一个人。缘道的铁线上都晒着些枯干的荷叶,我低着头走了几十步,猛抬头看见巍峨高耸的四座塔形的墓。荒丛中走不过去,未能进去细看;我回头望望四周的环境,我觉着不如陶然亭的寥阔而且凄静,萧森而且清爽。陶然亭的月亮,陶然亭的晚霞,陶然亭的池塘芦花,都是特别为坟墓布置的美景,在这个地方埋葬几个烈士或英雄,确是很适宜的地方。

母亲!在陶然亭芦苇池塘畔,我曾照了一张独立苍茫的小像;当你看见它时,或许因为我爱的地方,你也爱它;我常常这样希望着。

我们见了颓废倾圯、荒榛没胫的四烈士墓,真觉为了我们的先烈难过。万牲园并不是荒野废墟,实不当忍使我们的英雄遗骨,受这般冷森和凄凉!就是不为了纪念先贤,也应该注意怎样点缀风景!我知道了,这或许便是中国内政的缩影吧!

隔岸有鲜红的山楂果,夹着鲜红的枫树,望去像一片彩霞。我和清拂着柳丝慢慢走到印月桥畔；这里有一块石头，石头下是一池碧清的流水；这块石头上，还刊着几行小诗，是清四月间来此假寐过的。她是这样处处留痕迹，我呢，我愿我的痕迹，永远留在我心上，默默地留在我心上。

我走到枫树面前，树上树下，红叶铺集着，远望去像一条红毡。我想捡一片留个纪念，但是我没有那样勇气，未曾接触它前，我已感到凄楚了。母亲！我想到西湖紫云洞口的枫叶，我想到西山碧云寺里的枫叶；我伤心，那一片片绯红的叶子，都给我一样的悲哀。

月儿今夜被厚云遮着，出来时或许要到夜半，冷森凄寒，这里不能久留了；园内的游人都已归去，徘徊在暮云暗淡的道上的只有我们。

远远望见西直门的城楼时，我想当城围里明灯辉煌、欢笑歌唱的时候，城外荒野尚有我们无家的燕子，在暮云底飞去飞来。母亲！你听到时，也为我们漂泊的游儿伤心吗？

不过，怎堪再想，再想想可怜穷苦的同胞，除了悬梁投河，用死去办理解决一切生活逼迫的问题外，他们求如我们这般小姐们的呻吟而不可得。

这样佳节，给富贵人作了点缀消遣时，贫寒人却作了勒索生命的符咒。

七点钟回到学校，琼和清去买红玫瑰，芝和韵在那里料理果饼；我和侠坐在床沿上谈话。她是我们最佩服的女英雄，她曾游遍江南山水，她曾经过多少困苦；尤其令人心折的是她那娇嫩的玉腕，能飞剑取马上的头颅！我望着她那英姿潇洒的丰神，听她由上古谈到现今，由欧洲谈到亚洲。

八时半，我们已团团坐在这天涯地角、东西南北凑合成的宴会上。月儿被云遮着，一层一层刚褪去，又飞来一块一块的絮云遮上；我想执杯对月儿痛饮，但不能践愿，我只陪她们浅浅地饮了个酒底。

我只愿今年今夜的明月照临我，我不希望明年今夜的明月照临我！假使今年此日月都不肯窥我，又哪能知明年此日我能望月！在这模糊阴暗的夜里，凄凉肃静的夜里，我已看见了此后的影事。母亲！逃躲的，自然努力去逃躲；逃躲不了的，也只好静待来临。

我想到这里，我忽然兴奋起来，我要快乐，我要及时行乐；就是这几个人的团宴，明年此夜知道还有谁在？是否烟消灰熄？是否风流云散？

母亲！这并不是不祥的谶语，我觉着过去的凄楚，早已这样告诉我。

虽然陈列满了珍馐，然而都是含着眼泪吃饭；在轻笼虹彩的两腮上，隐隐现出两道泪痕。月儿朦胧着，在这凄楚的筵上，不知是月儿愁，还是我们愁？

杯盘狼藉的宴上，已哭了不少的人；琼妹未终席便跑到床上哭了，母亲！这般小女孩，除了母亲的抚慰外，谁能解劝她们？琼和秀都伏在床上痛哭！这谜揭穿后谁都是很默然地站在床前，清的两行清泪，已悄悄地滴满襟头！她怕我难过，跑到院里去了。我跟她出来时，忽然想到亡友，他在凄凉的坟墓里，可知道人间今宵是月圆。

夜阑人静时，一轮皎月姗姗地出来；我想着应该回到我的寓所去了。到门口已是深夜，悄悄的一轮明月照着我归来。

月儿照了窗纱，照了我的头发，照了我的雪帐；这里一切连我的灵魂，整个都浸在皎清如水的月光里。我心里像怒涛涌来似的凄酸，扑到床缘，双膝跪在地下，我悄悄地哭了，在你的慈容前。

父 亲

胡也频

父亲转过身,坐在书橱旁边的躺椅上,将我抱在他的怀里。他轻轻地抚摩我的头发,摸我的脸,还用他的嘴唇来亲我的嘴。

这已是十年前的事了。那时候我才做过七周的生日。我非常地可怜我的父亲。

他整日地低低地叹息,皱着眉头,一个人悄悄地在房子里背着手儿走来走去:看他的样子,是稀奇极了,我暗暗地怀疑和不安着。因了胆小的缘故,又不敢去问;只就我的揣测,我断定他这种变态是自那一个夜深时起的,那夜的情形是这样:当我张开了蒙眬的睡眼,我便听到从堂屋的正房里送来又坚实又洪亮的响动,和玻璃或瓷器打碎的声音,其间还错杂着父亲的叹息和婶婶——我的后母——带着吵骂的哭泣。这时,我很害怕,紧紧地拉住乳妈的手腕,低声地问道:

"他们做什么呀?"

"没有事。"她回答,"你乖乖地睡吧!"便轻轻地拍几下我的背。

稀里哗啦的声音又响起来了。

"你听!"于是我又挨近她,说:"大约是

那个花瓶摔破了吧？"

"别多话！"她又拍着我。"还不好生的睡去么？明天还得上学哩。"于是她自己便装作睡样，故意地大声地打起呼噜。

"爸爸又生气了！这都是婶婶的不是：她坏透了，我不喜欢她！"这样想着，不久，我也睡着了。

第二天，从学校里回来，我见到父亲，他的脸色便很晦涩，勉强地向我笑着，也是苦恼的样子了。从此后，父亲便没有快乐过，他是衙门也不到了，公文也不批阅了，宾客也不接见了，整日夜只是吸烟，叹息，和悄悄地在书房里背着手儿走来走去。并且，他看见我走到他怀里去，情形也异样了：平常他是很温柔地抚摩我，很慈蔼地和我闲谈；现在只是用力地把我抱了一下，吻了一口，便很凄凉很伤心地说："到乳妈那里去吧，爸爸要做事哩。"他的脸色显现着惨淡，眼里也闪起泪光了。

父亲这样突然的变态，虽然他自己不愿告诉人，也不喜欢人去问他的究竟，可是许多人都知道了，并且替他不安，忧虑，以至于大家私下议论着，想着种种补救的方法。

叔祖母说："撵掉她，这样的败坏门风……"

"三弟并不会这个样，"大伯父接上说，"只要她肯改过，就算完事了。"

"老三真不幸，"二姑妈也叹息着，"美康的娘多贤德，偏偏又短寿了！"

诸如此类的论调，太多了，但每个人都认为他自己所说的话是对的，是补救我父亲变态的唯一妙法，因此，经了好多次的讨论，其结果，依样是大家带着不经意的愤怒，讥诮，谩骂，叹息，和充满着感慨地各走各的路,散开了。

其实,真切地为我的父亲抱着不安和忧虑的,却是默默无言的我的乳妈。她一见到我放下书本,丢下皮球,和不玩各种玩具的时候,便诚恳地对我说:"美康!你去看一看爸爸啰。"

到我从父亲的书房回来,她迎着我,开头便问:"美康!爸爸在做什么哩!"带着欢欣的希望的意思。

"在吸烟。"我回答。

"还有什么?"她又问。

我想了一想,说:"他亲我一下嘴。"

于是她静默了,在沉思里叹息道:"要是太太在世,就不会这个样了!"

乳妈虽说是非常的忧虑,牵挂,觉得我父亲所处的境遇太不幸;然而她从不曾直接地去劝解过,慰问过,只是在有时为我的事情去请示,才趁了这一个说话的机会,隐隐约约地说:"老爷该保重些,少爷现在还小哩!"

听了这一句话,我父亲确乎感动极了;虽然他还保持他的安静和尊严,在惨然的形色里用平常的声口说:"你好生地照顾少爷去吧。"

像这样抑制着痛苦地消极着,父亲的脸容便慢慢地益见憔悴了。

自从这个事情发生,大约只过了五天吧,这一个晚上,在堂屋里的保险灯还不曾燃着时候,我的婶婶便从正房里出来,打扮得标标致致的,拿了一个提箱,一面大声地喊道:"春菊!你打发张来贵叫轿子去!"

父亲听见了,便从书房里走出来。

"春菊……"婶婶还自喊着。

"你要轿子到哪里去呢？"父亲问。

"你管我！？"婶婶的脸上满着怒气。

"像这样真不成体统！"

"糟蹋人，这是成体统的人做的事吗？"婶婶用尖厉的声音反问。

"你给哪个糟蹋呢？"

"守活寡，算不得给你糟蹋吗？"

"哪个叫你——"

"哪个叫我偷人吗？"婶婶打断父亲的话，凶凶地接着说："哼！偷人！你拿到证据吗？捉奸在床上，你是这样吗？"

"够了够了！"父亲低下头去，现出无限的感触和羞惭。

然而婶婶却嘤嘤地哭了起来，耸着肩膀，大踏步地走进正房了。接着，玻璃和瓷器的打碎声音，便稀里哗啦地响了起来。

"唉……"父亲低低地叹息着，垂着头，无力地走回书房去。

这时候，叔祖母、大伯父和大伯娘，以及常住在我家里的二姑妈，因为五姑妈生了一个小表弟，都到李家贺喜去了。所剩的，只有几个当差、丫头和老妈子，以及我和我的乳妈。他们和她们都为了一种身份的悬殊，自认作卑贱和无用吧，都一个一个地躲避去了。我的乳妈，她却极端地愤怒着，看她的牙齿上下摩擦，可知道她正在要抢白或痛打我的婶婶一番，那样替我的父亲抱着不平了；但她终究是个仆人，并且还充分地带着这仆人阶级的观念，一样胆小，懦怯，不敢坦然实行，只是悄悄地站在西厢房门后，张大着眼睛，远远地切恨罢了。至于我，虽然也曾觉得婶婶的无耻、悍泼，坏得像吃过我的蟋蟀的那只黑鼠一样，和同时觉得父亲的可怜，却也因为了年纪小，没有力量，并且也不知怎样的动作和表现的缘故,只是惊骇地紧紧地挨着乳妈,低低声地问:"爸爸怎么咧?""婶婶坏透了!"以及这样说。

可是乳妈不回答,她老是痴呆呆地望着外面,一直到父亲走回书房去,才转过脸来,视一下我,又温柔又诚恳地说:"去看爸爸去!爸爸要是在叹气,你就唱歌给他听。记得吗?你就唱歌给他听。月亮姊姊!"

我也念着父亲,一听了乳妈这样说,便很快地跑去了。

"爸爸!"到了书房门口,我喊。

父亲似乎不曾听见,他还在一声一声地叹着气。

"爸爸!爸爸!"于是我又连着喊,并且大声了。

"你来做什么呢?"父亲一面开起门,一面问,"你今天是算学课吗?"他的叹气已停止了。

"是的,爸爸!"我回答,便走了进去。

父亲转过身,坐在书橱旁边的躺椅上,将我抱在他的怀里。他轻轻地抚摩我的头发,摸我的脸,还用他的嘴唇来亲我的嘴。

"痒咧。"我忽然说,因为他的胡须又长长了。

"真的,"他赶紧接上说,"爸爸好几天忘了刮胡子了。"于是,他便将脸颊挨着我,安静而且慈蔼地挨着我。这样的经过了很长久的时候了,他才偏开脸去,微笑地说:"这不痒吗?"

"不痒。"

他微笑了。

但不久,似乎快乐的笑意刚刚到了唇旁,父亲又忽然很愁苦地沉默了。他的疲倦的眼睛呆望着挂在壁上的一张年轻女人的相片。从他的脸上,我看出父亲又沉思在既往的恩爱里,想念着无可再得的一种家庭幸福了。

"爸爸!"我害怕父亲这样的沉默,便叫他。

但他的眼睛还盯着壁上。

"爸爸,他又想到妈妈了!"于是我悄悄地想着。

这样,仿佛有很久了,父亲才恍然转过脸来,问我:"美康!你认得那相片吗?"似乎他已忘却常常告诉我的话了。

"是妈妈!"我回答,"妈妈,她前几天还来到我床上哩!"我想起做过的那个梦了。

"妈妈好吗?"

"好!"

"你喜欢妈妈不是?"

"喜欢。"我看一下他的脸,接下说,"爸爸,你也喜欢。"

因为我忽然想到父亲的苦恼,以下的话便咽住了。

但父亲已低了头,摇起腿儿,很伤心地沉默了。

他的眼里便慢慢地闪起了泪光。

"你到乳妈那里去吧,爸爸现在要做事哩。"他终于托故地说。

于是从他的怀里,把我抱下去,同时他自己也站了起来,又开始那种无聊赖的背着手儿走来走去了。

"爸爸又快活了!"我想,却还站在门边,望着他。

"你去吧,"他又要我走,"到乳妈那里去,念一点书……爸爸现在也要睡去了。"

这一夜,也和平常一样,做过了我所习惯的固定的事情,乳妈便把我躺到床上,拍着我,不久我便睡着了。在睡里,我迷糊地看见许许多多像霞彩那样的幻影,以及年轻的母亲的微笑,和长满着胡须的父亲的苦恼，叹息……

"妈妈要来抱我哩！"在梦里我见到母亲向我走来，张开着双臂，我这样暗暗地说。

然而正在欢乐的迷离的时候，忽然奔来了一种异样的纷乱和叫喊，像市场里屠宰牲口似的，于是我惊醒了。

"乳妈！乳妈！"我恍惚地彷徨地喊。

"乳妈在这里！"她赶紧安慰我，轻轻地拍着我的背。"你乖乖地睡吧，乖乖地睡吧！"

于是我又睡着了。

第二天，我醒起来，乳妈便非常忧戚地向我说："美康！今天不要上学校去了；现在和我看爸爸去吧！"她的声音凄切极了。

到我们走进父亲书房，那里面已纷纷乱乱地塞满着人了。这时候，父亲是直挺挺地躺在木榻上，闭着眼睛，胸部不住地起伏着，嘴旁流着涎沫，脸色又憔悴又惨白，在他的身体的周围流荡着一种熏臭的酒的气味。那张挂在壁上的我母亲的相片，已紧紧地被他的手重重地压在胸前，有些损坏了。

"你丢下我！你怎样地忍心！你丢……"

在许多人忙乱的里面，我常常听见父亲在沉醉中这样又悲伤又凄惨地一声声地喊着。

我是妈妈的蒲公英

蒋建伟

　　小时候，我们是妈妈的蒲公英，长大后，儿女是我们的蒲公英，如此而已。至于飞到哪里，这似乎并不重要。

乡下的蒲公英开得总是很迟。夏暮秋初，绛红点点，不几日便化作了朵朵雪花，经风吹去，我的小小的蒲公英呀离开了妈妈，落霞尽染，如烟如絮般飞满了整个童年天空。这真是一个浪漫得连梦也想飞翔的季节，我们不仅可以尽情挥洒我们的孩子气，甚至可以听得见母亲分娩时的阵痛和儿女们出生瞬间的巨大欢乐，所有的所有都可以得以释然。所以呢，我们总爱把自己的生日同这一年的花开时刻联系起来，不管对了的还是错了的，反正都是一样的。乃至于来年，乃至我二十年后的某个黄昏还在遐想，哦，蒲公英开了，多么令人神往的永恒一瞬！

　　看吧，蒲公英发芽啦！于是，妈妈总会在每一个春天来临之际，扯着我们姐弟四个一边薅草一边感叹。我们认为，这草太纤弱太伟大了，不择地理，野生野长，风一刮土一埋就活过来了，可惜做不得家畜家禽的上等饲料。纵使这样，它们也可以有长大的权利，或者说是作为妈妈的权利。我们彼此交流着这种看法，最后只好用眼睛望着妈妈的背影说，时间过得太快太快，妈妈，等我们长大后您就会老了吗？这样想着，我们的眼睛里就流出了两条清清的小溪。妈妈在前头喊，哭啥呢？我们从后头撵上来说，没有啥的。回答有先有后，音量高低不一。

二十年一晃而过，所有关于成长的情节可以省略，我们姐弟四人宛如蒲公英似的飞向天南海北，先后成了家，为人母或者为人父，妈妈显然也老了许多。后来，妈妈来到县城为我照看孩子，很是忙碌。偶尔闲来，她总叹息自己是老家的蒲公英的野命儿，说什么草木一生啊名利无求之类的聊以自慰。我知道妈妈这辈子是忙碌惯了，而我和妻上班以后满院子没个大人说话，城里的邻居之间来往甚少，妈妈很是孤寂。无奈，我和妻只好忍痛应允妈妈携小儿打道回府，结果时间长了，我们又牵挂起孩子的冷暖来。问过身边的工薪家庭们后方知，你我他都一样，终日为生活奔波忙碌，都是收入不高的难兄难弟难姐难妹，都是那些远远飞离乡野之上的蒲公英。

很多很多夜晚，我梦见我们都已变成了一朵朵浪漫无比的蒲公英，轻风把我们的影子吹长吹斜，农人端坐在锄把上轻松地吹着口哨，诗人正大声朗诵着金黄的诗歌，而大地上的五谷早已颗粒归仓，只剩下几缕青黛色的炊烟还在平原深处四处游荡。我听见好像妈妈在说，那是大平原挥之不去的魂丝，我的蒲公英孩子们就是大平原的后代，他们就是未来的"春风吹又生"的家和根。接下来，生生死死，在妈妈和我们的世界里进进出出，年复一年，这无可比拟的苦难，就像马，就像牛，就像大地和老车，除此之外，就什么也不知道了。

一个人就是一个村庄的存在，日夜奔腾的血液可以滋养村庄里所有的蒲公英，给它们以我的血我的泪我的养料。在平原深处行走，我守望着我的村庄里最后一棵蒲公英，遥想着比春天更加遥远的事情，只有这些才是我最最美丽的时刻。

我知道一个人的成长多么艰难，就像来到美好世界上第一个给你爱的人，就是母亲。实际上，世上所有的动物（当然也包括人类自己）的母亲，都有着生育孩子的权利；而对于植物而言，其权利只有"生"而没有"育"罢了。从这个角度而言，我们远比大地上任何一类植物幸运。此刻，我无法想象妈妈养育我们时的含辛茹苦，无法目睹雪花覆盖她一头一脸的一刹那，就这样，我们无忧无虑地长大，变老。

我的春天是苏醒的时刻，生长的季节，孩子们也在苏醒并生长着。既然我们把生交给了下一辈人，既然我们又把爱一辈辈传递下去，那么就让他们更好地活下去吧。也许一天，我们的村庄可以衰老，可以从此消逝，但是我们的蒲公英却在越来越多地长大，我们会在他们的谈话中永远活着，会在他们的村庄部落里活着，他们记不记得并没有关系。

在平原的深处行走，我成为遗失在春天途中的一桩陈年旧事。在这个蒲公英发芽的时节，旧事会不会落地生根这是后话，最感动的是，它会在我们匆促离去之际，被孩子们小心翼翼地捡拾起来，夹到书页中间去。每至黄昏，我的孩子们总会用童谣打开春天的门，小小的蒲公英们便会吐了一冬半春的气息，广诵大平原需要多少个年月日才能诞生的预言！

小时候，我们是妈妈的蒲公英，长大后，儿女是我们的蒲公英，如此而已。至于飞到哪里，这似乎并不重要。

感谢妈妈，给予我草籽般在大地上生长的一次机会。

我的娘

/ 杨丽娟

我知道，娘一生都没有钱，但我却从来没有听过她向儿子们张口要钱。

小时候不知道人一生注定有两个娘。长大了，嫁了人，便随着自己从小在农村长大的男友，喊婆母为娘。由于他在家排行是老四，娘生他时已是三十九岁了。所以，待我们相识相恋到结婚时，娘已是六十四岁了。而我那年是二十四岁。等于我长到二十四岁又有了一个六十四岁的娘！

那年中秋，我去乡下看娘。进到院子里，却不见人影。我喊了一声"娘"，娘在房顶上答应着，站起身，拍了拍身上的玉米缨子，慌忙从房顶上下来，上前接住我买的水果："你咋来了？"

我说："来过中秋节啊！"

娘看了我一眼："乡下人哪有时间过中秋！只到晚上供养供养月亮婆子就行了。"

说着，她赶紧进到厨房给我做饭。自此，我知道了乡下人一般是不过中秋节的。因为，中秋正是农人们忙着收获的时候。

我的娘生在乡下，长在乡下，后来又嫁给了在乡下劳作的爹。每天从地里到家里，从家里到地里，孩子们一天天长大，她也一天天变老。家里实在没有多余的钱供几个孩子上学，便叫他们早早去地里干活，挣工分。余下的八岁的老四，也不能闲着，也要给队里放牛割草，挣工分。后来，靠给队里割了一年的草，再加上全家紧衣缩食，才给老四交上了五元的学费，让老四在九岁时上了学。

没想到老四上学成绩好，顺利考上了镇上的中学。面对学费，娘实在愁得没有办法了，她心一横，进到东屋，从箱子底儿拿出一个娘家陪送的小花布包，拿出来仅有的几个金锁银锁，让爹撵上在村子里转了一天专门收金银器的银匠，换回来三十五块钱，让老四上了初中。

一生贫穷的娘却从来没有在我面前说过一个穷字。第一次去家里，她便极欢喜，忙着给我手里塞见面礼。我体恤家里，说啥也不要。她说："你不嫌家里穷就是一个好妮子，我们家不能亏待了你。"

后来，在出门时，我还是悄悄将她给的六十元钱压到了桌子上的篮子底下，一分钱也没要。这也是娘唯一一次给我钱。因为，我知道，娘一生都没有钱，但我却从来没有听过她向儿子们张口要钱。在我印象里，娘却从来不缺钱。

初春，到地里薅刚出芽的野生的荠菜配红薯面糠面窝窝吃，夏天吃自家种的南瓜扁豆，秋天喝红薯秧杂面饭，冬天在煤火边放一个瓷盆，长豆芽菜，吃腌咸菜。总之，什么不花钱就吃什么，所以，娘不缺钱。

多少年了，每次给她留些零花钱，她总是推三阻四地不要。所以，每次我们去家里总是给她买些鸡蛋，买些肉。一开始，我在家炒菜，吃过饭便常常感到恶心，想吐，等回到城里便好了。我就开始留意娘厨房里的调料。原来问题出在酱油上。娘在村里打的酱油光有色，却没有酱油的味儿，稀得能照人影儿。

我就对娘说："下次再过来卖酱油的，就不要买了，吃了害病。"

娘说："这么多年了，都是吃的这家的，也没有出啥事儿呀！"

我说："娘，是我吃不惯，以后可别再买了。"

娘一听是我吃不惯，便什么话也不说了。从此以后，凡是酱油一类的调味品，都是我从城里带过去。

慢慢地，娘就老了。终于在她八十二岁时在一天早上生火劈柴时，斧子砸在了脚面上，躺在床上不能动弹。我们从城里跑到乡下，商量着，让娘在几个哥家轮流着住。娘坚决反对。后来，给她讲道理，她才终于答应下来。她收拾了一个自己的小包，提着我们给她买的那台薄薄的液晶电视，由大儿子拉走了，就这样轮流了两年。后来，娘再三给我们说她还想回到那间老屋里自己住。看实在拗不过她，加上脚也好了，就给她找了个保姆，回到那间老屋子里住了。

后来，我想了又想，到现在才终于想通娘为啥这样做了。因为，我爹就是在那间老屋子里去世的。她常说："我有福啊，比你爹多活了十五年，够了。"

前几天，正上着班，接到了家人的电话，说是娘好像不行了。我们赶紧往乡下赶，走到半路，传来了噩耗。娘已不在人世了。

我泣不成声，眼里淌出泪来，娘没有病，娘是无疾而终。

我想我那个一生都纯朴善良的娘。她至死都体恤儿女，没有张口给儿女要过一分钱！也没有让儿女花钱给她治病！她一生积了大德，也给儿孙们以无限的感恩和怀念。

娘，在这个世上，再也听不到你的声音，再也看不到你了，再也不能给你买鸡蛋买烧饼了。乡下的老屋里再也没有了你的身影，你可让我怎样过星期天？

娘，你的离世，我的心里实在是很痛！

娘，我求您，下辈子还做我的娘！

父亲的绳衣

/ 石评梅

你的意思我自然喜欢,但是想到儿一腔不可宣泄的苦衷时,我焉能不为汝凄然!

"荣枯事过都成梦,忧喜情忘便是禅。"人生本来一梦,在当时兴致勃然,未尝不感到香馥温暖,繁华清丽。至于一枕凄凉,万象皆空的时候,什么是值得喜欢的事情,什么是值得流泪的事情?我们是生在世界上的,只好安于这种生活方程,悄悄地让岁月飞逝过去。消磨着这生命的过程,明知是镜花般不过是一瞥的幻梦,但是我们的情感依然随着遭遇而变迁。为了天辛(注:即高君宇的化名,石评梅的恋人)的死,令我觉悟了从前太认真人生的错误,同时忏悔我受了社会万恶的蒙蔽。死了的明显是天辛的躯壳,死了的惨淡潜隐便是我这颗心,他可诅咒我的残忍,但是我呢,也一样是啮残下的牺牲者呵!

我的生活是陷入矛盾的,天辛常想着只要他走了,我的腐蚀的痛苦即刻可以消逝。这是一个错误的观念,事实上矛盾痛苦是永不能免除的。现在我依然沉陷在这心情下,为了这样矛盾的危险，我的态度自然也变了，有时的行为常令人莫明其妙。

这种意思不仅父亲不了解，就连我自己何尝知道我最后一日的事实；就是近来倏起倏灭的心思，自己每感到奇特惊异。

清明那天我去庙里哭天辛，归途上我忽然想到与父亲和母亲结织一件绳衣。我心里想的太可怜了，可以告诉你们的就是我愿意在这样心情下，做点东西留个将来回忆的纪念。母亲他们穿上这件绳衣时，也可起到他们的女儿结织时的忧郁和伤心！这个悲剧闭幕后的空寂，留给人间的固然很多，这便算埋葬我心的坟墓，在那密织的一丝一缕之中，我已将母亲交付给我的那颗心还她了。

我对于自己造成的厄运绝不诅咒，但是母亲，你们也应当体谅我，当我无力扑到你怀里睡去的时候，你们也不要认为是缺憾吧！

当夜张着黑翼飞来的时候，我在这凄清的灯下坐着。案头放着一个银框，里面刊装着天辛的遗像，像的前面放着一个紫玉的花瓶，瓶里插着几枝玉簪，在花香迷漫中，我默默地低了头织衣；疲倦时我抬起头来望望天辛，心里的感想，我难以写出。深夜里风声掠过时，尘沙向窗上瑟瑟地扑来，凄凄切切似乎鬼在啜泣，似乎鸥鹆的翅儿在颤栗！我仍然低了头织着，一直到我伏在案上睡去之后。这样过了七夜，父亲的绳衣成功了。

父亲的信上这样说：

……明知道你的心情是如何的恶劣，你的事务又很冗繁，但是你偏在这时候，日夜为我结织这件绳衣，远道寄来，与你父防御春寒。你的意思我自然喜欢，但是想到儿一腔不可宣泄的苦衷时，我焉能不为汝凄然！……

读完这信令我惭愧，纵然我自己命运负我，但是父母并未负我；他们希望于我的，也正是我愿为了他们而努力的。父亲这微笑中的泪珠，真令我良心上受了莫大的责罚，我还有什么奢望呢！我愿暑假快来，我挣扎着这创伤的心神，扑向母亲怀里大哭！我廿年的心头埋没的秘密，在天辛死后，我已整个地跪献在父母座下了。我不忍那可怕的人间隔膜，能阻碍了我们天性的心之交流，使他们永远隐蔽着不知道他们的女儿——不认识他们的女儿。

先母事略

周作人

先母性和易,但有时也很强毅,虽然家里也很窘迫,但到底要比别房略为好些,以是有些为难的本家时常走来乞借,总肯予以通融周济,可是遇见不讲道理的人,却也要坚强的反抗。

民国三十二年（一九四三年）这年，在我是一个灾祸很重的年头，因为在那年里我的母亲故去了。我当时写了一篇《先母事略》，同讣闻一起印发了。日前偶然找着底稿，就想把它拿来抄在这里，可是无论怎么也找不到了，所以只好起头来写，可能与原来那篇稍有些出入了吧。

先母姓鲁，名瑞，会稽东北乡的安桥头人。父名希曾，是前清举人，曾任户部司员，早年告退家居，移家于皇甫庄，与范啸风（著《越谚》的范寅）为邻，先君伯宜公进学的时候，有一封贺信写给介孚公，是范啸风代笔的，底稿保存在我这里，里边有"弟有三娇，从此无白衣之客；君惟一爱，居然继黄卷之儿"，是颇有参考价值的。先母共有兄弟五人，自己居第四，姊妹三人则为最小的，所以在母家被称为小姑奶奶。先君进学年代无可考了，唯希曾公于光绪十年甲申（一八八四年）去世，所以可见这当更在其前。先母生于咸丰七年丁巳（一八五七年）十一月十九日，卒于民国三十二年癸未（一九四三年）四月二十二日，享年八十七岁。先母生子女五人，长樟寿，即树人，次櫆寿，即作人，次端姑，次松寿，即建人，次椿寿。端姑未满一岁即殇，先君最爱怜她，死后葬于龟山殡舍之外，亲自题碑曰，周端姑之墓，周伯宜题；后来迁移合葬于逍遥溇，此碑遂因此失落了。椿寿则于六岁时以肺炎殇，亦葬于龟山，其时距先君之丧不及二年，先母更特别悲悼，以椿寿亦为先君所爱，临终时尚问"老四在哪里"，时已夜晚乃从睡眠中唤起，带到病床里边。故先母亦复怀念不能忘，乃命我去找画师叶雨香，托他画一个小照，他凭空画了个小孩，很是玉雪可爱，先母看了也觉中意，便去裱成一幅小中堂，挂在卧房里；搬到北京来以后，也还是一直挂着，足足挂了四十五年。关于这事，我在上面已曾写过，见第十八章（注：《周作人回忆录》）中，所以现在从略了。

先君生于咸丰十年庚申（一八六〇年）十二月二十一日，卒于光绪二十二年丙申（一八九六年）九月初六日，得年三十七，绍兴所谓刚过了本寿。他是在哪一年结婚或是进学的，都无可考，或者这在当时只用活字排印了二十部的《越城周氏支谱》上可能有记载。但是我们房派下所有的一部，却给国民党政府没收了，往北京图书馆去查访，也仍是没有下落。先君本名凤仪，进学的名字是文郁，后来改名仪炳，又改用吉，这以后就遇着那官事。先君说，"这名字的确不好，便是说拆得周字不成周字了。"但他的号还是伯宜，因为他小名叫作"宜"，先母平时便叫他"宜老相公"——查《越谚》卷中人类尊称门中有老相公，注云有田产安享者，又佃户亦常称地主为收租老相公,意如是称谓当必有所本,唯小时候也不便动问,所以这缘故终于不能明了。

先母性和易,但有时也很强毅,虽然家里也很窘迫,但到底要比别房略为好些,以是有些为难的本家时常走来乞借,总肯予以通融周济,可是遇见不讲道理的人,却也要坚强的反抗。清末天足运动兴起,她就放了脚,本家中有不第文童,绰号"金鱼"的顽固党扬言曰,"某人放了大脚,要去嫁给外国鬼子了。"她听到了这话,并不生气,去找金鱼评理,却只冷冷地说道:"可不是么,那倒真是很难说的呀。"她晚年在北京常把这话告诉家里人听,所以有些人知道。我将这事写在《鲁迅的故家》的一节里,我的族叔冠五君见了加以补充道:

"鲁老太太的放脚,是和我的女人谢蕉荫商量好一同放的。金鱼在说了放脚是要嫁洋鬼子的话以外,还把她们称为妖怪,金鱼的老子也给她们两人加了'南池大扫帚'的称号,并责备藕琴公家教不严。藕琴公却冷冷的说了一句,'我难道要管媳妇的脚么?'这位老顽固碰了一鼻子的灰,就一声不响的走了。"所谓金鱼的老子即《故家》里五十四节所说的椒生,也就是冠五的先德藕琴公的老兄,大扫帚是骂女人的一种隐语,说她要败家荡产,像大扫帚扫地似的,南池乃是出产扫帚的地名。先母又尝对她的媳妇们说:

"你们每逢生气的时候,便不吃饭了,这怎么行呢?这时候正需要多吃饭才好呢,我从前和你们爷爷吵架,便要多吃两碗,这样才有气力说话呀。"这虽然一半是戏言,却也可以看出她强健性格的一斑。

先君虽未曾研究所谓西学,而意见甚为通达,尝谓先母曰:

"我们有四个儿子,我想将来可以将一个往西洋去,一个往东洋去留学。"这个说话,总之是在癸巳至丙申(一八九三年至九六)之间,可以说是很有远见了。那时人家子弟第一总是读书赶考,希望做官;看看这个做不到,不得已而思其次,也是学幕做师爷;又其次是进钱店与当铺,而普通的工商业不与焉,至于到外国去进学堂,更是没有想到的事了。先君去世以后,儿子们要谋职业,先母便陆续让他们出去,不但去进洋学堂,简直搞那当兵的勾当,无怪族人们要冷笑这样的说了;便是像我那样六年间都不回家,她也毫不嗔怪。她虽是疼爱她的儿子,但也能够坚忍,在什么必要的时候。我还记得在鲁迅去世的那时候,上海来电报通知我,等我去告诉她知道,我一时觉得没有办法,便往北平图书馆找宋紫佩,先告诉了他,要他一同前去。去了觉得不好就说,就么经过了好些工夫,这才把要说的话说了出来,看情形没有什么,两个人才放了心。她却说道:"我早有点料到了,你们两个人同来,不像是寻常的事情,而且是那样迟延尽管说些不要紧的话,愈加叫我猜着是为老大的事来的了。"将这一件与上文所说的"一幅画"的事对照来看,她的性情的两方面就可全然明了了。

先母不曾上过学,但是她能识字读书。最初读的也是些弹词之类,我记得小时候有一个时期很佩服过左维明,便是从《天雨花》看来的,但是那里写他剑斩犯淫的侍女,却又觉得有了反感了。此外还有《再生缘》,不过看过了没有留下什么记忆。随后看的是演义,大抵家里有的都看,多少也曾新添一些,记得有大橱里藏着一部木版的《绿野仙踪》,似乎有些不规矩的书也不是例外。至如《今古奇观》和《古今奇闻》,那不用说了。我在庚子年以前还有科举的时候，在"新试前"赶考场的书摊上买得一部《七剑十三侠》，她看了觉得喜欢，以后便搜寻它的续编以至三续，直到完结了才算完事。此后也看新出的章回体小说，民国以后的《广陵潮》也是爱读书之一，一册一册的随出随买，有些记得还是在北京所买得的。她只看白话的小说，虽然文言也可以看，如《三国演义》，但是不很喜欢，《聊斋志异》则没有看过。晚年爱看报章，定上好几种，看所登的社会新闻，往往和小说差不多，同时却也爱看政治新闻。我去看她时，辄谈段祺瑞吴佩孚和张作霖怎么样，虽然所根据的不外报上的记载，但是好恶得当，所以议论都是得要领的。

先母的诞日是照旧历计算的，每年在那一天，叫饭馆办一桌酒席给她送去，由她找几个合适的人同吃，又叫儿子丰一照一张相，以作纪念。一九四二年十二月二十六日为先母八十六岁的生日，丰一于饭后为照相，乃至晒好以后，先母乃特别不喜欢，及明年去世，唯此相为最近所照，不得已遂放大用之于开吊时。一九四三年四月份日记云：

二十二日晴，上午六时同信子往看母亲，情形不佳，十一时回家。下午二时后又往看母亲，渐近弥留，至五时半遂永眠矣。十八日见面时，重复云，这回永别了，不图竟至于此，哀哉。唯今日病状安谧，神识清明，安静入灭，差可慰耳。九时回来。

二十三日晴，上午九时后往西三条。下午七时大殓，致祭，九时回家。此次系由寿先生让用寿材，代价九百元，得以了此大事，至可感也。

二十四日晴，上午八时往西三条，九时灵柩出发，由宫门口出西四牌楼，进太平仓，至嘉兴停灵，十一时到。下午接三，七时半项回家，丰一暂留，因晚间放焰口也。

至五月二日开吊，以后就一直停在那里，明年六月十九日乃下葬于西郊板井村之墓地。

悲哀的玩具

李广田

他生自土中，长自土中，从年少就用了他的污汗去灌溉那些沙土，想从那沙土里去取得一家老幼之所需，父亲有那样的脾气，也是无足怪的了。

依然不记得年龄,只知道是小时候罢了。

我不曾离开过我的乡村——除却到外祖母家去——而对于自己的乡村又是这样的生疏,甚至有几分恐怖。虽说只是一个村子吧,却有四里长的大街,漫说从我家所在的村西端到街东首去玩,那最热闹的街的中段,也不曾有过我的足迹,那时候我的世界是那样狭小而又那样广漠呀。

父亲在野外忙,母亲在家里忙,剩下的只有老祖母,她给我说故事,唱村歌,有时听着她的纺车声嗡嗡地响,我便独自坐在一旁发呆。这样的,便是我的家了。

我也常到外面去玩,但总是自己个。街上的孩子们都不和我一块游戏,即使为了凑人数而偶尔参加进去,不幸,我却每是作了某方面失败的原因,于是自己也觉得无趣了。起初是怕他们欺侮我,也许,欺侮了无能的孩子便不英雄吧,他们并不曾对我有什么欺侮,只是远离我,然而这远离,就已经是向我欺侮了。

时常,一个人踽踽地沿墙角走回家去,"他们不和俺玩。"这样说,一头扑在了祖母的怀里,祖母摸着我的头顶,说:"好孩子,自己玩吧。"

虽然还是小孩子,寂寞的滋味是知道得很多了。到了成年的现在,也还是苦于寂寞,然而这寂寞已不是那寂寞,现在想起那孩子时代的寂寞,也觉得是颇可怀念的了。

父亲老是那么阴沉,那么严峻,仿佛历来就不曾看见过他有笑脸,母亲虽然是爱我——我心里如是想——但她从未曾背着父亲给我买过糖果,只说:"见人家买糖果就得走开。"虽然幼小,也颇知道母亲的用心了,见人家大人孩子围着敲糖锣的担子时,我便咽咽唾沫,幽手幽脚地走开。后来,只要听到外面有糖锣声,便不再出门去了。

实际上说来,那时候也就只有祖母一个人是爱我的,她尽可能地安慰我,如用破纸糊了小风筝,用草叶作了小笛,用秫秸(注:去掉穗的高粱秆)扎了车马之类,都很喜欢。某日,我刚从外边回家,她老远地用手招我,低声说:"来。"

我跑去了,"什么呢,奶奶?"我急喘地问。

"玩艺儿,孩子。"

说着,从针线筐里取出一包棉花,伸开看时,里面却是包着一只小麻雀。我简直喜得雀跃了。

"哪来的麻雀呀,奶奶?"

"拾的,从檐下。八成是它妈妈从窝里带出来的。"

"怎样带到地下来?"

"傻孩子！大麻雀在窝里抱它，要到外面去给它打食，不料出窝时飞得太猛了，就把它带了出来，几乎把它摔死哩。"

我半信半疑地，心里有点黯然了，原是只不幸的小麻雀呀，然而我有了好玩具了。立刻从床下取出了小竹筐，里面铺了棉花，上面蒙了布片，这就是我的鸟笼了。饿了便喂它，我吻它那黄嘴角；不饿也喂它，它却不开口了。携了竹筐在院里走来走去，母亲见了说，"你可有了好玩物了！"

这时，我心里暗暗地想道：那些野孩子，要远离就远离了吧，今后我就不再出门了，反正家里有祖母，又有了这玩物，要它长大起来能飞的时候就更好了。

晌午，父亲从野外归来，照例，一见他便觉得不快，但，我又怎晓得养麻雀是不应当呢！

"什么？"父亲厉声问。

"麻——雀——"我的头垂下了。

"拿过来！"话犹未了，小竹筐已被攫去了；不等我抬起头来，只听忽地一声，小竹筐已经飞上了屋顶。

我自然是哭了，哭也不敢高声，高声了不是就要挨打吗？当这些场合，母亲永是站在父亲一边，有时还说"狠打！狠打！"似乎又痛又恨的样子。有时候母亲也曾为了我而遭父亲的拳脚，这样的心，在作为小孩子的我就不大懂得了。最后，还是倒在祖母怀里去啜泣。这时，父亲好像已经息怒，只远远地说："小孩子家，糟践信门，还不给我下地去拾草去！"接着是一声叹气。

祖母低声骂，说："你爹不是好东西，上不痛老的，下不痛小的，只知道省吃俭用敲坷垃！不要哭了，好孩子，到明天奶奶爬树给你摸只小野鹊吧。"说着，给我擦眼泪。

哭一阵，什么都忘了，反正，这类事是层出不穷的。究竟那只小麻雀的下落怎样，已经不记得了。似乎到了今日才又关心到二十年前的那只小麻雀，那只不幸的小麻雀，我觉得它是更可哀的了，离开了父母的爱，离开了兄弟姊妹，离开了温暖的巢穴，被老祖母捡到了我的小竹筐里，不料又被父亲给抛到那荒凉的屋顶上去，寂寞的小鸟，没有爱的小鸟，遭了厄运的小鸟！

在当时，的确是恨父亲的，现在却是不然；反觉得他是可悯的。每当我想起：一个头发已经斑白的农夫，还是披星戴月地忙碌，为饥寒所逼迫，为风日所摧损，前面也只剩下短短的岁月了，便不由地悲伤起来。而且，他生自土中，长自土中，从年少就用了他的污汗去灌溉那些沙土，想从那沙土里去取得一家老幼之所需，父亲有那样的脾气，也是无足怪的了。听说，现在他更衰老了些，而且也时常念想到他久客他乡的儿子。

出版说明

　　本书是中国现代文学史上具有代表性的作家关于亲情的散文选集，为尊重著作原貌，保留了特殊历史条件下的特殊表达方式与作家个人的表达习惯，部分篇章的人名、地名、纪年及语言表述与今日略有不同之处，未对部分文字进行现代汉语规范化处理，请读者阅读时注意鉴别。